LA CLESSIDRA DEGLI INGANNI

Cristiana Danila Formetta

bollarossa

Questa è un'opera di finzione.

Nomi, personaggi, luoghi ed eventi sono frutto dell'immaginazione dell'autrice o usati in modo fittizio. Qualsiasi somiglianza con persone reali, vive o defunte, o con eventi reali è puramente casuale.

Il borgo di Pietramala è un luogo immaginario creato dall'autrice. Qualsiasi somiglianza con città esistenti è puramente casuale.

Prima Edizione: 2025

ISBN 978-3-6042-2469-0

Layout & Cover design di Cristiana Formetta

Collettivo Lulù che fa storie.

www.luluchefastorie.com

Blog: https://luluchefastorie.wordpress.com/

Email: luluchefastorie@outlook.com

I libri di Bollarossa

https://luluchefastorie.wordpress.com/bollarossa-2/

Nota dell'Autrice

Nel romanzo 'La clessidra degli inganni' ho voluto esplorare quella che considero l'ossessione più pericolosa dei nostri tempi: l'idealizzazione del primo amore. Nell'era dei social media, questa tendenza è diventata ancora più insidiosa. Basta un messaggio, una foto del passato, per risvegliare ricordi che abbiamo inconsciamente ripulito e abbellito. Ma quanto è affidabile la nostra memoria?

'La clessidra degli inganni' nasce proprio da una riflessione sulla memoria selettiva. Tendiamo a ricordare solo i momenti belli della nostra vita, dimenticando consciamente le lacrime, i tradimenti, le bugie. È un meccanismo di difesa che però può trasformarsi in un'arma a doppio taglio, soprattutto quando qualcuno decide di usare questi ricordi manipolati contro di noi.

Ho voluto raccontare come l'ossessione per il primo amore possa diventare una forma di gaslighting[1] autoindotto. Ci convinciamo che 'quello è vero amore' e che 'non proveremo mai più niente di simile', quando in realtà stiamo solo proiettando le nostre attuali insoddisfazioni su un

---

1[1] **gaslighting** *s. m. inv.* Forma di manipolazione psicologica, a volte protratta a lungo, che consiste nell'indurre una o più persone a mettere in dubbio perfino la validità dei propri pensieri e della propria percezione della realtà, con conseguente perdita di autostima e di stabilità mentale. (*Vocabolario Treccani. Neologismi. 2024*)

passato idealizzato. È un meccanismo pericoloso che può portarci a distruggere il presente in nome di un qualcosa che, molto probabilmente, non è mai esistito come lo ricordiamo.

LA CLESSIDRA DEGLI INGANNI

1

Allungo la mano e, nel letto, tocco il vuoto. Succede sempre più spesso, ma non mi lamento. Giacomo non c'è. Probabilmente si è addormentato sul divano del salotto con un libro o con il telecomando stretto tra le mani. Non mi dispiace. Il silenzio mi avvolge come un vecchio amico.

La camera da letto è immersa nella penombra, illuminata solo dai primi raggi del sole che filtrano attraverso le persiane socchiuse. Mi alzo e mi avvicino alla finestra, scostando appena le tende per guardare l'alba.

La vista è sempre la stessa. Campi coltivati che si estendono a perdita d'occhio, interrotti solo dai filari di ulivi e dalle curve della strada che sale su a Giffoni, fino al borgo di Pietramala. Niente di nuovo, niente di eccitante. Ma è proprio questo il problema, no? La mia vita è diventata troppo prevedibile, troppo tranquilla.

Sbadiglio e mi concedo un attimo per osservare il mio riflesso alla finestra. Non sono più la ragazza di una volta, quella che sognava di vedere il mondo, di vivere mille avventure. No, quella Chiara è scomparsa da anni, sostituita da una versione più matura, più saggia, almeno così dicono. Io però mi sento solo più annoiata.

Ultimamente ho iniziato a soffrire di insonnia. È una brutta bestia, l'insonnia. Una volta svegli, non riesci più a riaddormentarti. Ti metti a pensare, quasi sempre a cose brutte.

In bagno accendo la luce e mi guardo allo specchio. Tra i capelli castani spunta qualche filo bianco e i miei occhi appaiono stanchi. Non è solo il mio volto a mostrare i segni del tempo. C'è qualcosa dentro di me che si sta spegnendo, come una candela che brucia piano fino a consumarsi. Non so cosa accadrà quando questa candela si spegnerà del tutto, se vedrò brillare ancora qualche scintilla di vita o se arriverà il buio.

Ma non è il momento di pensare a queste cose. Devo ancora preparare la tavola per la colazione.

In cucina, il sole illumina le piastrelle vecchie di anni. Quando io e Giacomo abbiamo comprato questa casa, mi ero ripromessa di rinnovare l'arredamento da capo a piedi, ma c'era sempre qualcosa di più importante da fare, così ho lasciato perdere.

Faccio il caffè e penso a tutte le cose che avrei voluto fare e che non ho fatto, a come la vita sia diventata così scontata. Mentre mi perdo nei miei pensieri, sento il rumore di un'auto che si allontana. Guardo fuori dalla finestra e vedo la macchina di Giacomo sparire dietro la curva. Se n'è andato presto stamattina, senza neanche salutarmi. Il lavoro di agente immobiliare lo assorbe completamente, ormai non si siede nemmeno a colazione.

La mia cucina è impeccabile, ordinata alla perfezione, come in attesa di una vita che non arriva mai. In campagna, dopotutto, non accade mai nulla. Magari è questo il problema. Forse mi manca qualcosa, ma non so cosa, oppure mi manca tutto. La mia vita è come un vecchio vestito che non mi sta più bene, che mi stringe in posti dove non dovrebbe e mi lascia troppo spazio altrove.

Le giornate scorrono lente in campagna. Pulisco la casa, preparo il pranzo, mi occupo del giardino. Ma ogni attività appare svuotata di senso, come se fossi un automa che esegue azioni senza scopo.

Finisco il caffè e mi infilo i guanti da giardinaggio. Mentre sto potando le rose, vedo l'auto che rientra di corsa. Giacomo sporge la testa dal finestrino e grida: «Chiara, ho lasciato per sbaglio la mia valigetta sul tavolo della cucina! Devo tornare in città per un cliente importante e non posso farne a meno. Potresti andare a prenderla, per favore? Sono già in ritardo!»

«Non preoccuparti, ci penso io» rispondo, cercando di nascondere il fastidio nella voce. Giacomo annuisce, soddisfatto, e aspetta mentre io rientro in casa e vado in cucina. La valigetta è esattamente dove lui aveva detto. La prendo e torno da mio marito, che mi ringrazia e riparte in tutta fretta.

«Devo andare, ci vediamo più tardi a pranzo!» lo sento dire.

Non esce dall'auto. Non mi bacia, non mi abbraccia, non mi chiede se ho bisogno di qualcosa. Sospiro e mi concentro nuovamente sulle mie piante. Le rose sono bellissime quest'anno, grazie alle cure che ho dedicato loro. Forse anche i fiori hanno bisogno di un po' di attenzione in più. Si può essere gelosi di una rosa? Io lo sono. Nessuno si prende cura di me, nemmeno io mi prendo cura di me. Eppure non è sempre stato così.

Lascio gli attrezzi da giardino sul terreno e torno in casa. Salgo le scale e mi affaccio sul mio studio, anzi su quello che doveva essere il mio studio, la mia postazione di lavoro, la mia sala di comando, il mio rifugio: nove metri quadri occupati da una mastodontica scrivania e due poltroncine. Nella mia fantasia, questo era il luogo dove avrei scritto il mio primo romanzo, dove avrei dato sfogo alla mia creatività repressa e trovato la mia vera vocazione. Invece, è diventato solo un altro posto dove accumulare polvere e ricordi.

Mi siedo sulla poltroncina girevole e accendo il computer. La schermata di Windows si apre con un suono ovattato, come se anche lui fosse stanco di questa routine. Apro la casella di posta elettronica e scorro velocemente le mail, cancellando quelle pubblicitarie senza neanche aprirle. La maggior parte dello spam arriva da agenzie letterarie che provano a vendermi corsi di scrittura. È buffo, ma anche un po' triste, perché a scrivere sono brava, però non ho niente di interessante da dire, nessuna storia da raccontare. La mia infanzia non è stata tragica, e la mia adolescenza è volata via senza troppe scosse.

Sono cresciuta in una famiglia amorevole, con un padre che mi ha insegnato a giocare a calcio meglio di un maschio e una madre che mi ha trasmesso la passione per la lettura. Ho frequentato il liceo classico, ho studiato latino e greco, ho recitato Omero e Sofocle, ho imparato a memoria le poesie di Catullo e di Saffo. Ho sognato di diventare una scrittrice, di viaggiare per il mondo, di scoprire nuove culture, di innamorarmi follemente. Naturalmente, niente di questo è mai accaduto.

Le favole non esistono, ma esistono le occasioni. Ho conosciuto un uomo buono, che mi faceva ridere e che mi ha voluto subito bene. E anch'io l'ho amato quasi subito, di un amore concreto e solido, fatto di progetti e interessi comuni. Non è una bugia se dico che Giacomo è l'uomo migliore del mondo, un marito gentile e premuroso. Non è colpa sua se non riesco più a trovare l'entusiasmo che avevo una volta, se mi sento così vuota dentro. Guardo fuori dalla finestra e mi chiedo dove sia finito quel fuoco che mi bruciava le viscere, quell'energia che mi spingeva ad affrontare ogni giorno con un sorriso. Non so dove sia andata, ma so che non c'è più.

Allora eccomi qui, seduta davanti a questo schermo bianco, a cercare di capire cosa voglio veramente dalla vita. Un corso di scrittura? No, grazie. Ho bisogno di qualcosa di più stimolante. Spengo il computer. Fuori ha iniziato a piovere.

Le gocce battono contro i vetri delle finestre, creando un ritmo costante che mi culla. Mi alzo dalla scrivania e mi avvicino alla finestra, osservando il giardino che si trasforma sotto la pioggia. Le foglie degli ulivi si piegano sotto il peso dell'acqua, le rose chinano la testa, rassegnate. Anche loro sembrano stanche, e perdono un po' della loro bellezza. Forse stavano aspettando solo il momento di arrendersi. Come me. Come tutti noi, in fondo. Non ho voglia di fare nulla, se non pensare. E pensare mi fa male.

Mi fa male perché mi rendo conto di aver passato gran parte della mia vita a fare ciò che tutti si aspettavano da me, invece di seguire i miei veri desideri. Ho sposato Giacomo perché era un brav'uomo, ma non era l'uomo che volevo. Ho rinunciato a scrivere un romanzo convinta che inseguire i propri sogni fosse stupido dopo i vent'anni. E ora che di anni ne ho quaranta, con gli ultimi dieci passati a fare la moglie perfetta, la padrona di casa impeccabile, la donna che non crea problemi, ogni volta che mi guardo allo specchio mi chiedo dove sia finita la vera Chiara. Perché questa non sono io. Non sono più io. E allora, chi sono? Cosa sono diventata?

***

Apparecchio la tavola per il pranzo, mentre Giacomo è chino sul cellulare, assorto in chissà quale pensiero. Non mi guarda nemmeno quando mi accomodo di fronte a lui.

«Tutto ok?» chiedo per rompere il ghiaccio. Lui alza gli occhi dal telefono e mi fa un cenno distratto con la testa.

«Tutto ok» risponde, prima di rituffarsi nella sua conversazione virtuale. Mi verso un bicchiere d'acqua e comincio a mangiare, senza appetito. Non ho fame, ho solo voglia di parlare, di sentire una voce umana, di condividere qualcosa di vero, non queste chiacchiere superficiali che facciamo ogni giorno.

Invece Giacomo sembra completamente ignaro della mia presenza, assorto nei suoi problemi, nei suoi pensieri. Lo guardo mentre taglia il pane, versa il vino, muove le posate nel piatto. Ogni gesto appare meccanico, privo di emozione. Non c'è tenerezza, non c'è passione, nemmeno un briciolo di interesse. Solo una fredda efficienza, come se stesse eseguendo un compito assegnatogli da qualcuno. E io vorrei urlare, scuoterlo, fargli capire che non basta vivere insieme per essere una coppia, che ci vuole molto di più per mantenere vivo l'amore. Ma non lo faccio. Invece mi sorprendo a chiedergli: «Hai visto che tempo oggi? Pioveva così tanto che ho dovuto rimandare il mio appuntamento dal parrucchiere.»

Giacomo alza gli occhi dal piatto e mi guarda come se avesse dimenticato che ero lì.

«Ah sì? Peccato» dice, senza particolare interesse.

«Sì, proprio un peccato» rispondo sarcastica. «E tu? Com'è andata la tua mattinata?»

Lui si stringe nelle spalle.

«Bene. Ho incontrato un vecchio amico, siamo andati a bere un caffè insieme.»

«Che bello, e come sta?»

«Chi?»

«Il tuo amico, no?»

«Ah, sì. Sta bene.»

Annuisco. Sorrido. Giacomo lavora in un'agenzia affiliata di un grande gruppo immobiliare, è un Top Seller di case di lusso. La sua area di competenza riguarda Salerno e l'intera costiera amalfitana, perciò non è raro che passi molte ore fuori casa. Ricordo che, ai primi tempi del nostro matrimonio, la sua assenza mi causava una profonda malinconia. Mi mancava il suo calore, il suo profumo, la sua voce. Adesso invece, mi manca solo la sua presenza fisica, come se fosse un mobile che non c'è più. Sono una stronza, lo so.

Non dovrei pensare queste cose di mio marito, né dirle ad alta voce. Eppure mi ritrovo spesso a sfogarmi con Caterina, la mia più cara amica, confidandole tutto ciò che mi tormenta. Ma è difficile stare zitta quando mi sento così sola, così insoddisfatta.

Dopo pranzo mi ritiro in soggiorno e mi siedo sul divano. Ho bisogno di distrarmi, di pensare a qualcos'altro. Prendo l'album fotografico del nostro matrimonio e inizio a sfogliare le pagine lentamente. Le foto sono bellissime e i ricordi ancora vividi. Rivedo me e Giacomo più giovani, più felici, soprattutto innamorati. Sembrava tutto così semplice allora, e noi eravamo sicuri che nulla ci avrebbe separato. Ma il tempo passa, e le cose cambiano. Le foto sorridenti di un tempo non possono cancellare la realtà di oggi. Mi asciugo una lacrima che scivola lungo la guancia e richiudo l'album. Sono passati quindici anni dal nostro «sì» e tante cose sono cambiate. Siamo cambiati noi. Le foto sorridenti di un tempo non cancellano la realtà di oggi. Starsene qui a crogiolarsi nel passato non serve a niente. Devo concentrarmi sul presente, su ciò che posso fare per migliorare la situazione.

Mi alzo dal divano e vado in cucina. Ho bisogno di tenermi impegnata, di fare qualcosa di utile. Decido di preparare una torta. Non so perché, ma cucinare mi rilassa, mi fa stare bene. Mentre lavoro sull'impasto, mi accorgo che la pioggia è cessata. Inforno la torta e mi preparo un tè. Poi torno nello studio, portando con me la tazza fumante. Accendo il computer e apro Facebook, curiosa di vedere se ci sono novità. La pagina si carica, mostrando una serie di foto e aggiornamenti dei miei amici. Scorro distrattamente la bacheca, senza prestare troppa attenzione. Dopo un po' mi fermo sulla foto di un'ex compagna di scuola che ha deciso di partire per un viaggio "around the world". Mi viene una fitta d'invidia e silenzio tutti i suoi aggiornamenti per trenta giorni. Poi noto un messaggio privato da un nome che non conosco: UNHAPPYHUSBAND[1]. Non si vede il viso, solo una piccolissima foto di una nuca ripresa di spalle. Chi sarà? Un imbecille che pesca nel mucchio e, alla fine, ha deciso di provarci con me? Oppure quella truffa romantica nigeriana di cui si parla tanto?

Chi se ne frega, finalmente una novità, penso,

mentre clicco sulla notifica.

Il messaggio è breve e criptico: «Ciao Chiara, sono Franco. Ti ricordi di me?»

Non ho bisogno di pensarci troppo per capire chi sia. Franco è stato il mio primo amore, il ragazzo con cui ho condiviso i primi baci, le prime carezze, i primi sogni. Non ci sentiamo da anni, da quando lui ha deciso di sposare un'altra e mettere su famiglia. Non ho mai capito il perché, ma non ho mai smesso di chiedermelo.

«Certo che mi ricordo di te» scrivo, senza esitazione. «Come stai?»

Aspetto la risposta con il cuore che batte forte. È strano, ma ritrovarlo dopo tutti questi anni mi fa sentire come se il tempo si fosse fermato, riportandomi ai giorni in cui eravamo solo due adolescenti innamorati.

«Non male» risponde lui dopo qualche minuto. «E tu? Come va la vita?»

«Beh, sai com'è...» scrivo, cercando di sembrare disinvolta. «Ma tu? UNHAPPYHUSBAND? In che senso?»

«È solo una battuta» replica lui, enigmatico. «Senti, ti va di vederci?»

Mi coglie alla sprovvista. Non mi aspettavo una proposta così diretta.

«Non so, Franco... Non credo sia una buona idea.»

«Perché no?» insiste lui. «Solo un caffè, promesso. Non ti chiederò nulla che non vuoi darmi.»

«Non so a cosa alludi, ma sembra una roba sporca» scrivo. E nel profondo vorrei che lo fosse davvero. Non sento Franco da una vita, e ora spunta così dal niente.

«La tua proposta mi intriga, ma devi mettere sul piatto qualcosa di più» riprendo a stuzzicarlo. «Non mi accontento di un semplice caffè.»

Franco mi manda uno smile, e poi un l'emoji di un bacio.

«E cosa vorresti allora, Chiara?»

«Qualcosa di più piccante... Qualcosa che mi faccia sentire viva.»

Non so che mi prende. Scrivo di getto quella stupida frase da sit-com, uno dei tanti "funny sex jokes" che si scambiano i vecchi amanti nelle serie TV. Per tutta risposta, Franco mi manda un disegno: una figura stilizzata di un uomo e una donna impegnati in posizioni sessuali improbabili. Sorrido, divertita e sorpresa. È sempre stato bravo in disegno, ma non mi aspettavo nulla di simile da lui. Poi mi viene in mente che, forse, è proprio questo il punto. Non lo conosco più, non so cosa gli piace, cosa lo eccita. E invece lui sa perfettamente cosa eccita me. Allora decido di giocare anch'io. Mi allontano dal PC e vado in bagno, dove scatto una foto di me in intimo. Gliela mando, eccitatissima. Non ho mai fatto una cosa simile prima, ma con Franco mi sento audace, disinibita. Mi ha sempre fatto questo effetto, e ora voglio farlo impazzire di desiderio, come lui ha fatto impazzire me tanti anni fa. Che male c'è? Siamo su Facebook, giusto? E Facebook non è la vita vera.

La sua risposta non tarda ad arrivare.

«Sei ancora più bella di quanto ricordassi. Mi fai venire voglia di toccarti, di baciarti ovunque.»

Quelle parole mi danno i brividi. Cosa mi succede? Sto chattando al computer con un uomo che non vedo da una vita... Ed è così divertente! Con Franco mi sento come se fossi tornata una teenager. Eppure ora sono una donna sposata, e dovrei sentirmi in colpa almeno un po'. Non ho mai tradito Giacomo, né ho mai pensato di farlo. Eppure eccomi qui, a flirtare con il mio primo amore su Facebook, a mandargli foto sexy e a fantasticare su cosa potrebbe accadere se ci incontrassimo di nuovo. E mi sento ancora peggio.

All'improvviso, avverto un odore di bruciato provenire dalla cucina.

«Oddio, la torta!» urlo, chiudendo la conversazione. Più tardi penserò a cancellare tutti i messaggi di Franco. Non voglio più sentirlo, non voglio più pensare a lui. Spengo il computer e corro in cucina, dove la torta sta bruciando nel forno.

[1] "marito infelice" in inglese

2

La cucina è un disastro. La torta è bruciata, il timer ha suonato, ma ero troppo presa dalla chat con Franco per accorgermene. Guardo il caos intorno a me e mi sento sopraffatta. Non ho voglia di pulire, né di fare altro. Vorrei solo tornare indietro e cancellare tutto quello che è successo oggi.

Franco è stato il mio primo amore, il più grande. Quello che ho provato tra le sue braccia non l'ho mai sentito per nessun altro uomo. La passione, l'intensità del suo sguardo, dei suoi baci. Ogni volta con lui era come la prima volta. Eravamo giovani, romantici, due anime che cercavano di completarsi, due corpi che si desideravano, che si fondevano in una sola carne. Prima di lui ero stata con un altro ragazzo, ma il sesso mi aveva lasciato indifferente. Con Franco, invece, avevo scoperto cosa fosse un orgasmo, che a vent'anni è come trovare il Sacro Graal. Passavamo ore chiusi in camera sua a baciarci, a toccarci, a esplorare i nostri corpi. Era tutto così naturale. Nessun imbarazzo, nessuna timidezza. Solo un desiderio incontenibile, una fame impossibile da saziare. E ora, dopo anni, eccoci di nuovo qui, a giocare con il fuoco.

«Forse, solo per stavolta, potrebbe valere la pena scottarsi» penso, mentre pulisco la cucina, rassegnata.

Dio, come odio fare la casalinga! Non c'è niente di peggio che trascorrere ore a pulire, lavare, stirare, cucinare. Tutto per avere una casa impeccabile, perfettamente in ordine. Mi chiedo se valga davvero la pena sacrificare così tanto tempo per questa routine. Bruciare la torta è stato un atto di ribellione inconsapevole. Ne dovrei parlare con una psicologa, se solo trovassi il tempo.

Il cellulare vibra. Una notifica di Facebook: Franco mi ha scritto su Messenger. Un altro disegno. Lo apro, incuriosita. Sono due figure stilizzate, un uomo e una donna che fanno sesso in una posizione ancora più estrema della precedente. Sento le guance avvampare. Non riesco a staccare gli occhi da quell'immagine.

La donna è piegata in avanti, con le mani appoggiate su un tavolo. L'uomo la tiene per i fianchi, la penetra con forza. Ogni curva, ogni linea è definita con cura. Si percepisce il calore dei corpi accaldati, il fremito della pelle. È così realistico da sembrare quasi vivo. Non so cosa pensare. Da un lato mi sento scandalizzata, quasi offesa, dall'altro avverto un'attrazione incontrollabile. Nessuno mi ha mai mandato un disegno osceno prima d'ora.

Franco non risveglia solo ricordi. Sa esattamente dove colpire, come insinuarsi nelle mie fragilità. Conosce ogni mia debolezza, ogni desiderio nascosto. Mi fa vacillare, oscillare tra il desiderio e la colpa. Appoggio il dito sullo schermo per cancellare l'immagine, ma ormai è troppo tardi, quella scena si è già impressa nella mia mente.

Decido di rispondere, di giocare al suo stesso gioco.

«Mi hai fatto arrossire» scrivo, cercando di mantenere un tono leggero. «Non credevo che fossi così audace.»

«Invece lo sono» risponde subito. «Non hai ancora visto niente. Potrei farti arrossire anche di più, se solo me lo permettessi.»

«E come?»

«In molti modi. Ma non credo che tu sia pronta per questo. Non oggi.»

«Perché no?» insisto, sempre più intrigata. «Non sono più una ragazzina, Franco. So cosa voglio.»

«Lo so. Ma certe cose richiedono tempo. Non si possono imparare in una notte.»

«Hai ragione» ammetto, anche se dentro di me urlo: *Fammi vedere! Fammi provare!*

Ma non si tratta solo di sesso. C'è di più. Una connessione, una chimica che non ho mai trovato con nessun altro. E non voglio rovinarla precipitando le cose.

«Comunque, grazie per aver alleggerito un po' l'atmosfera. Anche se non volevo ridere, in qualche modo ci sei riuscita» scrive, cambiando argomento.

«Non sono il tuo clown» ribatto, un po' piccata.

«Hai ragione. Tu sei molto di più per me.»

Il messaggio è breve, ma pieno di implicazioni. Poi un'altra frase: «Chiara, ho pensato a te tutto questo tempo. E tu? Sei mai riuscita a dimenticarmi?»

Le parole mi riportano bruscamente al presente. Non ho mai dimenticato Franco. Un pezzo di lui è sempre rimasto dentro di me, nascosto in un angolo della mia anima.

«Non lo so» rispondo con sincerità. «Ci ho provato. Ho cercato di cancellarti, di andare avanti. E ci sono riuscita, per un po'. Poi, ogni volta che incontravo qualcuno che ti somigliava, o sentivo una canzone che ascoltavamo insieme, o vedevo un posto dove eravamo stati... Tu tornavi a galla.»

«Mi dispiace. Non volevo turbarti.»

«Non l'hai fatto» mento. «È solo che non mi aspettavo tutto questo. Non pensavo che ti avrei risentito di nuovo dopo così tanto tempo.»

«Lo so. Neanch'io. Ma sono contento di averti ritrovata.»

«Ti credo, ma non è una buona idea continuare a parlarci. Non so dove ci porterà tutto questo.»

«Dove vuoi che ci porti?» ribatte, con una nota di sfida. «Non sto cercando di sedurti, Chiara. Almeno non ancora.»

«Non ancora?» ripeto sorpresa. «E quando?»

«Quando sarai pronta. Ho aspettato vent'anni. Posso aspettare ancora.»

Vent'anni. È passato così tanto tempo, eppure non ho mai smesso di pensare a lui. Ora lo so. Franco è a pochi click di distanza. Ma cosa vuole da me? Cosa vuole che io faccia? Non posso lasciarmi coinvolgere di nuovo. Non posso permettergli di entrare nella mia vita e distruggerla un'altra volta. Perché questo ha sempre fatto: ha preso tutto quello che gli ho dato, compreso il mio cuore. Eppure, sono pronta a perdonarlo.

Quanto sono scema. Ma si può essere scemi per amore? Certo che si può. Si può riavvolgere il passato come un vecchio film e scegliere da dove farlo ripartire, selezionare i ricordi, aggiungere dei tagli qua e là e tornare al nostro primo bacio.

Me lo ricordo bene, il nostro primo bacio. Era una sera d'estate, calda e afosa. Ce ne stavamo seduti sulla spiaggia a guardare il mare che si perdeva all'orizzonte dopo un'intera giornata a parlare, a riderci in faccia, a provocarci a vicenda. Poi, all'improvviso, Franco mi ha preso la mano, le nostre labbra si sono incontrate, morbide e calde, e io ho sentito una scarica elettrica attraversarmi il corpo. Quel bacio è stato il nostro inizio, il punto di partenza di una storia che avrebbe dovuto durare per sempre. Invece, come tutte le storie d'amore, anche la nostra è finita. Vent'anni sono abbastanza per metterci una pietra sopra.

«Anche io ho pensato a te, ma...» scrivo. Tuttavia, non riesco a terminare la frase. La cancello e riscrivo più volte. «Non so se sarò mai pronta» concludo alla fine, e premo invio. Mi sento sollevata, come se mi fossi tolta un peso dal petto. Non ho mai confessato a nessuno di non aver dimenticato Franco, specialmente a Giacomo. Non potrei dire una cosa simile a mio marito. Lui mi ama più di ogni altra cosa al mondo, solo che ha scordato come dimostrarlo.

Avrei dovuto accettare quell'amore senza lagnarmi, invece di rispondere allo sfacciato approccio del mio ex. Ora mi sento in colpa per avergli permesso di risvegliare in me desideri che credevo sopiti da tempo. Ma come posso biasimare il mio corpo per aver reagito a stimoli così intensi? Come posso biasimare Franco per avermi mostrato ciò che ho sempre voluto, e che mio marito non riesce a darmi? Eppure lo amo ancora, io amo Giacomo anche se in un modo diverso. Non posso ferirlo così, non dopo tutto quello che abbiamo costruito insieme. E poi, c'è anche il problema del divorzio. Non ho un lavoro, non ho risorse economiche mie. Non posso permettermi di tradirlo ed essere scoperta. Non sono capace di vivere da sola. Io non sono come le mie amiche che hanno una carriera o dei figli a cui aggrapparsi per non cadere in fondo a un precipizio. Io non posso guardare giù, verso l'abisso. È troppo rischioso.

Chiudo la finestra di chat e cancello la conversazione con Franco. Mi sento subito meglio, come se avessi cancellato anche lui dalla mia vita.

Ma so che non è vero. Franco è ancora lì, da qualche parte, e potrebbe rispuntare fuori in qualsiasi momento.

Il telefono squilla all'improvviso. Quasi mi viene un colpo ma, con sollievo, mi accorgo che è Caterina.

«Allora stasera vieni o no?» chiede.

«Dove? A fare cosa?»

«Al cinema! Ti ho scritto stamattina, non te lo ricordi?»

Guardo il cellulare, ed effettivamente c'è un messaggio di Caterina che mi invita ad andare al cinema insieme a lei.

«Scusami, Cat, ho avuto una mattinata frenetica. Sì, certo che vengo. A che ora è il film?»

«Alle dieci, ma passo a prenderti per le nove e trenta. Adesso prenoto online, così evitiamo la fila.»

Caterina è sempre organizzata, penso mentre digito il link del sito del cinema sul mio cellulare.

«Hai già scelto il film?» le chiedo.

«Non ancora, pensavo che magari potremmo decidere insieme. Che ne dici di quel thriller horror che è uscito la settimana scorsa? Hanno detto che è pieno di suspense e sangue.»

«Sembra interessante» rispondo, anche se in realtà non sono molto entusiasta all'idea di vedere un film horror. Preferisco di gran lunga le commedie romantiche, ma ne stavo già vivendo una in prima persona, e mi bastava. Inoltre, sapevo che Caterina sarebbe stata delusa se non avessi accettato di vedere il film che aveva scelto.

«Va bene, prenotiamo quello» dico, fingendo di essere al settimo cielo.

«Perfetto! Allora ci vediamo stasera.»

«Sì, a dopo» e metto via il cellulare.

Non dovrei nascondere a Caterina la verità su Franco. È la mia migliore amica, la persona a cui racconto tutto. Però è stata proprio lei a dirmi di lasciare Franco, la prima volta. Ed è stata ancora lei a convincermi che non potevo trovare un marito migliore di Giacomo. Cosa penserebbe se adesso le raccontassi di quello scambio di messaggi così breve eppure così intenso? Probabilmente direbbe che sono pazza, che mi sto mettendo in un gran casino e che, se non sto attenta, ne pagherò le conseguenze. E avrebbe ragione. Ma non posso farci niente, è più forte di me. Franco è sempre stato il mio punto debole, il mio tallone d'Achille. E ora è tornato a tormentarmi, a farmi desiderare cose che non posso avere.

Guardo l'orologio e mi accorgo che è già tardi. Devo sbrigarmi se non voglio rinunciare al cinema con Caterina. Mi preparo in fretta e furia, senza neanche preoccuparmi di truccarmi o pettinarmi come si deve. Poi chiamo il ristorante cinese del paese e mi faccio portare riso cantonese e qualche dolcetto della fortuna. A Giacomo non dispiacerà riscaldare la cena per una volta, e poi lui è contento che esco con Caterina, dice che altrimenti soffrirei troppo la solitudine. Strano. Oggi non mi sento sola. La cappa di oppressione che sentivo sulle spalle è svanita. Anzi mi sento quasi felice. Sarà merito di Franco se ho voglia di ballare?

Digito un altro messaggio per Caterina: «Dopo il cinema ti va di andare a ballare?»

So già che mi dirà di sì, è tanto che mi chiede una serata solo per noi, povera Caterina. Lei non è sposata, vive solo per il suo lavoro e per i suoi gatti, eppure sembra più felice di me senza un uomo. Non so davvero come fa a organizzarsi, ma è sempre pronta a tutto.

***

Quando arrivo al cinema, Caterina è già lì che mi aspetta con i biglietti in mano e un sorriso smagliante. Mi sento un po' in colpa per averla fatta aspettare, ma lei non ci fa caso. Anzi, mi prende sottobraccio e mi trascina dentro, chiacchierando animatamente.

«Allora, come va con la vita?» mi chiede, mentre facciamo la fila per il popcorn.

«Boh, come al solito» rispondo, stringendomi nelle spalle. «Non c'è molto da dire, in realtà».

Caterina mi guarda con aria sospettosa, come se sapesse che nascondo qualcosa.

«Non ti credo» dice, e incrocia le braccia sul petto.

«Davvero? E perché no?»

«Perché ti conosco troppo bene. Sei troppo felice per essere solo "come al solito". C'è qualcosa sotto.»

3

Mi capita spesso di guardare il telefono in attesa di un nuovo messaggio da parte di Franco. Ogni volta che lo faccio, sento un insieme di emozioni contrastanti: speranza, eccitazione e anche una certa ansia. So che dovrei smettere di aspettare un contatto virtuale, ma non resisto al fascino di queste conversazioni che sembrano risvegliare dentro di me un'altra vita.

La mattina dopo il mio appuntamento al cinema con Caterina, mi sveglio con una sensazione stranissima allo stomaco. È come se il cuore battesse più forte del solito e mi gira la testa. Mi alzo dal letto con cautela, cercando di non svegliare Giacomo che dorme ancora profondamente al mio fianco, e dopo mi precipito in bagno a vomitare. Quanto ho bevuto ieri sera? Non lo so, ricordo solo che ho trascinato Caterina a ballare in una discoteca giù a Salerno, sulla litoranea, e una volta lì ci siamo scatenate. È stato bello, ci siamo divertite un sacco ma adesso mi sento stranamente agitata. Mi sembra tutto così irreale! Il film, la musica, io che rientro a casa barcollando e Giacomo che continua a dormire e non si accorge di niente.

Quando arrivo in cucina ho ancora la testa che mi scoppia. Accendo la macchinetta del caffè e mi siedo a tavola con il cellulare in mano. Non posso resistere alla tentazione di controllare se ci sono nuovi messaggi su Messenger. Toh, Franco è già online!

«Buongiorno, bellissima» scrive lui.

Il mio cuore fa un salto nel petto e le guance diventano rosse come un pomodoro. Inizio a sorridere come una scema. Tutto il mio corpo è attraversato da una scarica di elettricità.

«Buongiorno anche a te. Come stai?» rispondo.

«Non male, grazie. E tu?» replica lui, subito.

«Benone, solo un po' stanca.»

«Troppo ballo con Cat, ieri sera? Forse troppi shottini di tequila?» chiede, ironico. Io resto di sasso.

«Come sai che sono andata a ballare? Ho bevuto troppo, non ricordo neanche come sono arrivata a casa... Invece tu come fai a sapere che sono uscita con Caterina? Mi hai fatto seguire?»

«No, non ti ho fatto seguire. Non ne ho bisogno. So che sei uscita con Caterina perché me lo hai scritto tu. E so che hai bevuto troppo perché anche questo me lo hai scritto tu. Non sono un detective, Chiara. Sono solo un uomo che ti conosce molto bene. Un uomo che sa cosa vuoi davvero.»

Sa cosa voglio davvero? Il modo in cui Franco scrive queste parole è strano, insinuante. Eppure, c'è qualcosa di attraente in questa sua sicurezza, in questa apparente capacità di leggermi dentro. È come se mi avesse già in pugno. Forse è proprio così.

Sì, è vero. Franco mi conosce molto bene. E questo mi fa paura. Non so cosa cerca da me o cosa spera di trovare. Non mi fido di lui. Soprattutto non mi fido di me stessa.

«Non ricordo cosa ti ho scritto, è la verità. Ho cancellato tutti i messaggi. Forse ho scritto qualcosa di più di quanto volessi» ammetto, con un poco di vergogna.

«Rilassati. Mi hai semplicemente chiesto del mio lavoro, del mio matrimonio, e io ti ho risposto che domani a mente fresca ti avrei raccontato tutto.»

«Non c'è altro?»

«Parola di gentiluomo» scherza Franco. «Ma visto che sei curiosa come una scimmia, ecco tutto ciò che devi sapere: sono diventato un architetto come voleva quel rompiballe di mio padre, pace all'anima sua, e per quanto all'inizio sia stato entusiasmante, ora lo trovo profondamente noioso. Insieme ai miei fratelli abbiamo aperto un primo ufficio a Roma, dove ho conosciuto Laura, mia moglie, ma recentemente sono tornato a Salerno dove ho aperto un secondo ufficio. Volevo un cambiamento, volevo essere più vicino a mia madre, che non sta bene. Ora sono l'unico su cui lei può contare.»

«Era così anche prima, se ricordo bene. Tu eri il suo figlio preferito.»

«Anche quello più responsabile. Però sento

che mi manca qualcosa» ammette Franco. «Non so se sia il senso della famiglia o il lavoro stesso che mi sta consumando dentro. Sai com'è, Roma è una città ricca di opportunità ma viverci non è semplice. Ti risucchia tutte le energie.»

«In che senso? Cosa è cambiato?» insisto io.

«Il mio matrimonio è diventato una routine, Chiara.»

«Ma è così per tutti» obietto.

«Per tutti, ma non per me. Io ho sempre bisogno di emozioni forti e intense. Quelle che mi davi tu, e che mia moglie non riesce a darmi.»

Le parole appaiono lentamente sullo schermo, come se faticasse a scriverle. Franco mi stava confessando un segreto che aveva tenuto nascosto per troppo tempo.

«Lo so e mi dispiace» rispondo, anche se non so esattamente per cosa. Per il suo matrimonio fallito? Per la mancanza di emozioni forti? O per il fatto che ho appena ammesso di essere d'accordo con lui?

«Non devi dispiacerti» continua lui. «È la verità. Tu sei l'unica persona con cui posso parlare sinceramente, l'unica a cui posso dire che il mio matrimonio fa acqua da tutte le parti. Se non fosse per il bene di mia figlia, avrei già divorziato da tempo.»

«Tua figlia? Tu hai una figlia?»

«Sì, Giusy. È lei che mi tiene ancora legato a Laura. Non posso lasciarla senza un padre.»

Franco fa una pausa. Ma sullo schermo del telefono continuano a lampeggiare tre puntini, che stanno a indicare un nuovo messaggio in arrivo.

«E tu Chiara? Tu hai figli?»

«No, io no» rispondo, con una punta di rammarico. Non era destino che io e Giacomo avessimo dei figli, solo tanti interessi in comune.

«Giusy è qui con te o è rimasta con la madre?» chiedo per scacciare quel pensiero.

«No, lei è a Roma. Ha la scuola, i suoi amici. Io torno su una volta a settimana, il sabato e la domenica. Ma Salerno è casa mia. Non c'è niente di meglio di una passeggiata sul lungomare per farmi sentire vivo.»

«È per questo che hai iniziato a dipingere, per tornare a sentirti vivo?» chiedo.

Franco mi manda una faccina sorridente come risposta.

«La mia passione per l'arte è rimasta l'unica valvola di sfogo in una vita vuota. Quando ho iniziato a dipingere ho finalmente trovato uno scopo. E poi mi piace disegnare il tuo corpo in pose oscene.»

Non posso fare a meno di immaginare Franco che disegna il mio corpo nudo, i suoi occhi che si soffermano su ogni curva, ogni dettaglio. Mentre mi lascio trasportare da questi pensieri, il mio cellulare vibra di nuovo. È un altro messaggio, ma questa volta non è un semplice testo. È un'immagine. Apro il file allegato e dentro c'è un disegno molto esplicito, che ritrae due corpi nudi avvinghiati nella posizione del kamasutra dove la donna si nutre del seme del suo compagno. E quella donna sono io, insieme a Franco.

È incredibile come riesca a manipolarmi. Gli bastano poche parole e un disegno per farmi sentire importante. È stupido, eppure una parte di me non riesce a resistergli. Da un lato mi sento sconvolta, ma anche stranamente eccitata. Lusingata, perfino. Resto lì, immobile, con il cellulare ancora in mano, indecisa se rispondere o ignorare il messaggio, finché non sento una voce alle mie spalle. È Giacomo. Mio marito si è appena svegliato e ha detto qualcosa che per colpa del doposbronza non ho capito. Mi giro verso di lui, ancora sconvolta dall'immagine che ho appena visto, e gli chiedo di parlare più forte.

«Ho detto: chi è al telefono?» ripete Giacomo, con la voce assonnata.

«Nessuno, solo un messaggio» rispondo, cercando di sembrare normale.

«Un messaggio? A quest'ora?»

«Sì, era Caterina che mi chiedeva se volevo fare colazione insieme» mento, sperando che non si accorga del mio nervosismo.

«Ah, okay» dice Giacomo, evidentemente soddisfatto della mia risposta. «Beh, io vado a fare una doccia. Tu raggiungi Caterina o fai colazione con me?»

«No, resto a casa. Mi fa piacere fare colazione

insieme. Anzi, ora sistemo il letto e poi accendo sotto il caffè.»

Giacomo annuisce e si avvia verso il bagno, mentre io non ho il coraggio di cancellare il messaggio di Franco. Voglio guardarlo ancora, voglio imprimere quell'immagine nella mia mente. Invece il telefono squilla di nuovo. È Caterina. *Che tempismo*, penso, con ironia.

«Chiara, sei libera dopo pranzo? Volevo proporti una cosa...»

«Ciao Cat! Sì, libera... Perché?»

«Ho pensato che potremmo passare una giornata diversa. Che ne dici di venire da me? Ho preparato una tisana speciale, perfetta per ritrovare l'armonia interiore.»

Sorrido, alzando gli occhi al cielo. Caterina e le sue tisane speciali... So già che si tratta di una delle sue trovate esoteriche.

«Dimmi la verità, cos'è questa tisana speciale?» chiedo, con tono scherzoso. «Non è che mi farai bere qualche intruglio magico?»

«Niente pozioni strane, promesso! È solo una tisana rilassante, con erbe naturali e qualche ingrediente segreto per amplificare le vibrazioni positive.»

«Ah, ecco! E cosa dovrei aspettarmi da queste vibrazioni positive?»

«Beh, vedrai che ti aiuteranno a fare chiarezza dentro di te...» esita un attimo. Poi riprende divertita. «Sei così strana ultimamente!»

Le sue parole colpiscono nel segno. Caterina ride di gusto ma, in fondo, ho bisogno di un po' di tranquillità e di relax. E magari, perché no, anche di un piccolo aiuto esoterico.

«Va bene, Cat. A che ora dovrei venire?» chiedo, arrendendomi al suo invito.

«Verso le cinque? Così abbiamo tempo per chiacchierare, bere la tisana e magari fare anche una piccola lettura di tarocchi, se ti va.»

«Tarocchi?» ripeto, sorpresa. «Non sapevo che ti interessassi anche di tarocchi.»

La proposta mi affascina e mi incuriosisce. E se la mia amica, con le sue vibrazioni positive e le sue carte, riuscirà a darmi una mano, tanto meglio. Non ho nulla da perdere, al contrario mi sento già più ottimista.

Saluto Caterina e le do appuntamento a più tardi. Subito dopo riapro Messenger e scrivo il mio numero a Franco.

«Meglio passare a Whatsapp, anzi forse dovremmo parlare di persona.»

Rileggo le parole sullo schermo per un attimo, premo invio e chiudo la chat.

4

Non so cosa mettermi. Infilo le mani nell'armadio, indecisa su cosa indossare per il primo appuntamento con Franco. Sembro una ragazzina che tenta di fare colpo al primo incontro, quando invece dovrei comportarmi in modo più adeguato alla mia età e annullare tutto. Ma non ce la faccio. Non sono abbastanza forte.

Passo davanti allo specchio mille volte, interrogandomi se mi troverà bella con un vestito o con l'altro, e non penso che forse potrebbe essere lui a non piacermi. Non ci sono foto sue sul profilo Facebook, forse le ha eliminate apposta per non farmi vedere com'è diventato - più vecchio, può darsi anche più grasso, e chissà se ha perso i capelli.

«Dio, ti prego, fa che non sia calvo!» mi sorprendo a pregare, mentre indosso un vestito nero che mi fascia il seno e arriva poco sopra il ginocchio. Non ho mai pensato di essere vanitosa, ma ora comprendo quanto l'aspetto fisico conti per me.

Non sono così male. Ho un fisico snello, occhi verdi, capelli castani lunghi che ancora non necessitano di tinta e, oggettivamente, dimostro quattro o cinque anni in meno della mia età. Oggi, però, non mi accontento di essere semplicemente carina. Voglio che Franco mi trovi incredibilmente bella, sexy e irresistibile, e che mi desideri tanto quanto lo desidero io.

Guardo l'orologio e mi accorgo di essere già in ritardo. Devo sbrigarmi per non fare tardi al nostro incontro. Esco di casa e mi dirigo verso il bar dove ci siamo dati appuntamento. Ho chiesto a Franco di vederci a Salerno, lontano dal paese dove tutti mi conoscono, e lui ha fissato l'incontro a Pastena, la zona orientale della città.

«Questo pomeriggio al bar sotto al mio studio, ti do l'indirizzo» ha scritto, e ho risposto subito di sì.

Giacomo non deve sapere niente di ciò. Non so cosa inventare se mi chiedesse dove vado. Non posso certo dirgli che sto per incontrare il mio primo amore, l'uomo che mi ha fatto perdere la testa in gioventù e che ora ricompare a tormentarmi.

Arrivo in anticipo e trovo il bar semivuoto. Mi avvicino alla cameriera, titubante. Inizialmente chiedo un Martini Dry, poi cambio idea e opto per un amaro. Dopo un breve momento di riflessione, trovo il coraggio di chiedere un semplice caffè. Ho bisogno di lucidità, di liberare la mente per capire cosa dire, soprattutto se dovessi decidere all'ultimo minuto di ritirarmi. Non posso ignorare questa possibilità. Dopotutto, sono quasi vent'anni che io e Franco non ci sentiamo, anche di più se il tempo lo calcoliamo in rughe. E poi, cosa succederà se, una volta arrivato, mi dirà qualcosa di inopportuno? O se, al contrario, pronuncerà tutto ciò che desidero ascoltare? E se mi accorgerò che ha l'alito cattivo? In sostanza, dovrei restare o fuggire?

Scelgo un tavolino all'angolo. La mia sedia scricchiola mentre la sposto, quasi mi alzo per andarmene, ma è troppo tardi: la cameriera ha già portato il caffè. Ringrazio con un cenno e aggiungo mezzo cucchiaino di zucchero nella tazza, bevendo lentamente per mantenere un'apparenza di calma, come se questo giorno fosse ordinario. Ma non lo è.

Passano dieci minuti, poi finalmente arriva. Non lo riconosco subito, è cambiato molto dall'ultima volta che l'ho visto.

Ha i capelli più corti e un po' brizzolati sulle tempie, ma gli occhi rimangono intensi e scuri come li ricordavo. Indossa un completo grigio chiaro che gli sta a pennello, e la sua aria elegante e sofisticata mi fa sentire improvvisamente a disagio con il mio semplice vestito nero.

«Perdonami, sono stato trattenuto da un cliente» dice, avvicinandosi. La sua voce è calda e profonda e mi fa tremare le ginocchia.

«Non preoccuparti. Sono appena arrivata anch'io» rispondo.

Franco si siede di fronte a me e mi sorride.

«Sei bellissima, Chiara. Non sei cambiata per niente.»

Arrossisco leggermente a quel complimento e abbasso lo sguardo.

«Grazie, anche tu stai molto bene.»

Cerco di non incontrare i suoi occhi, non voglio che veda il mio imbarazzo o la mia eccitazione.

«Hai bevuto qualcosa?» chiede, indicando la tazzina.

«Sì, un caffè. E tu?»

«Un caffè anche per me.»

La cameriera arriva e prende l'ordine di Franco. Lui mi guarda come se volesse divorarmi. I suoi occhi pieni di mistero, mi hanno sempre affascinata. Sento un brivido lungo la schiena. Cerco di mantenere la calma, ma il cuore mi batte forte e le mani sudano troppo.

«Allora, come va il lavoro?» gli domando.

«Non male. Sono stato molto impegnato con la ristrutturazione di un albergo, ma ora sono qui con te». Posa la sua mano sulla mia e sento un'altra scarica di adrenalina attraversarmi; la sua mano è calda e morbida e me lo fa desiderare ancora di più.

Una parte di me sarebbe pronta a seguirlo ovunque, se solo pronunciasse le parole giuste: «Andiamo». Ma questa consapevolezza mi spaventa tanto da farmi irrigidire, e ritiro la mano. Lui percepisce il mio disagio e decide di giocare il tutto per tutto.

«Te lo ricordi, Chiara? Ricordi quando eravamo giovani e facevamo lunghe passeggiate sulla spiaggia, a Marina di Vietri?»

«Certo che sì. Come potrei dimenticare?»

«Ti ricordi anche quello che facevamo dopo?» mi provoca.

«Ci nascondevamo dietro le barche per baciarci e toccarci dappertutto... Eravamo così eccitati, pieni di desiderio.»

«E ora?»

«Ora mi sono calmata. Sono sposata.»

Franco avvicina la sedia e si china in avanti, colmando la distanza.

«Sposata, ma non felice» sussurra al mio orecchio.

«La felicità non è semplice» scuoto la testa. «Una mattina ti svegli e ti accorgi di essere una donna di mezza età che compra creme anticellulite. Che c'è da essere felici?»

Lui scoppia a ridere, la sua allegria mi fa vibrare lo stomaco.

«Beh, allora sono contento che tu abbia avuto il coraggio di incontrarmi e di vedere che nemmeno io sono più un giovanotto.»

«Piantala, sei in forma» ammetto. «E hai ancora quel sorriso irresistibile.»

«Grazie» dice lui, sorridendo ancor di più. «Però sono in buona compagnia. Tu sei più bella di quanto ricordassi.»

«Bella e annoiata. Faccio la casalinga disperata in campagna, lo avresti mai immaginato? Sopra Giffoni, a Pietramala. Un nome, un destino» scherzo.

Franco si avvicina, il suo viso ora è a pochi centimetri dal mio. Sento il suo respiro caldo sulla pelle e la mia mente si perde in mille fantasie.

«Vuoi dire che ti manca il sesso?» mi chiede.

«No, non è quello che intendo... Non ho bisogno di sesso, Franco. Ho bisogno di sentirmi viva, di provare qualcosa di più, che non trovo in mio marito.»

Lui annuisce, con l'aria di chi ha compreso la situazione.

«Lo so, Chiara. Ti capisco. E io ti darò tutto quello che desideri.»

«Parli sul serio? E come pensi di farlo?»

«Fammi pagare il conto e te lo mostro. Ho un regalo per te.»

Non capisco se scherza, ma lo vedo dirigersi verso la cassa. Poi, tornando, mi afferra per il braccio e mi trascina fuori dal bar, verso il palazzo del suo studio.

Franco apre il portone e osserva l'atrio deserto. Mi spinge contro un muro freddo e umido e mi bacia sulla bocca e sul collo con una rapidità e forza che mi tolgono il fiato. La sua bocca si posa sulla mia, i suoi denti affondano nelle mie carni, mentre con i polpastrelli mi massaggia il viso e il petto.

«È questo che vuoi, Chiara?»

La sua voce rauca trabocca di desiderio.

«Lo vuoi?» ripete. Ma non posso rispondere,

ho il respiro corto e il cuore batte troppo forte.

Franco mi solleva di peso, mi porta in ascensore e preme il pulsante del piano più alto, quello del suo studio. Le porte si chiudono dietro di noi, e lui torna a baciarmi con frenesia.

«Sì, è questo che voglio» mormoro, mentre rispondo ai suoi baci.

L'ascensore sale e Franco fa scivolare una mano sotto l'orlo del mio vestito, sollevandolo fino alla vita. Le sue dita si insinuano tra le mie gambe, verso il centro del mio desiderio. Un'onda di piacere mi travolge e mi spinge contro di lui.

«Hai pensato a me in questi anni?» sussurra, mentre le sue dita si muovono in cerchi lenti e insistenti.

«Sì... Ti ho pensato... Ti penso da troppo tempo. Ma non posso, non qui.»

Lui mi sorride, il viso illuminato dalle luci dell'ascensore.

«Certo che puoi, Chiara. Io voglio sentirti, voglio sapere quanto sei eccitata.»

Le sue dita accelerano, il piacere sale come un'onda e la mia mente vacilla.

«Io non... Non posso» mormoro con voce debole, priva di convinzione. Nel frattempo il piacere diventa insopportabile. Il mio respiro si fa affannoso, le gambe tremano.

«Sì, che puoi... Lascia che ti senta, che ti porti al limite» insiste. E io mi arrendo. Sento un gemito sfuggirmi dalle labbra, un suono che mi è estraneo ma che risuona dentro come un eco lontano.

Quando le porte dell'ascensore si aprono, Franco si ritira di colpo, lasciando un vuoto tra le mie gambe. Resto ferma, con l'orlo del vestito ancora sollevato.

Un uomo si avvicina all'ascensore. Non è un inquilino, ma un addetto alle pulizie, che passa distrattamente con la scopa e il secchio.

La sua presenza mi colpisce come una doccia fredda. Ne approfitto per ricompormi e sistemare l'abito e i capelli, anche se mi sembra futile, dato che l'uomo non mi rivolge nemmeno un'occhiata.

Franco, invece, mi fissa con uno sguardo che sembra dire mille cose che non voglio sentire.

«Chi è quello? Secondo te ci ha visti?» chiedo.

«Ma cosa importa? Non è nessuno. È solo un tizio con una scopa» risponde, con fastidio. «Piuttosto, dove eravamo rimasti?»

«Al bar hai detto che volevi mostrarmi qualcosa, o era solo una scusa per andare al tuo studio?» dico, tanto per riprendere una conversazione normale.

«No, è la verità. Ho una sorpresa per te.»

«Cosa?»

«Seguimi, ti piacerà.»

Franco mi conduce fuori dall'ascensore, verso la porta del suo studio di architetto, elegante e luminoso, con grandi finestre che si affacciano sulla città. Una volta dentro, mi indica un tavolo da disegno coperto da un lenzuolo bianco. Sotto il lenzuolo c'è un quadro.

«Ecco il mio regalo» dice, sollevando lentamente il telo. «Te l'ho dedicato.»

Non credo ai miei occhi. Sotto il telo c'è il mio ritratto ad acquarello, con i capelli lunghi e ondulati come li portavo da ragazza, il mio corpo nudo avvolto in uno scialle vermiglio. Ma non è solo un ritratto: è un'opera d'arte. I colori sono vivi, i tratti precisi. Franco ha catturato ogni sfumatura della pelle, ogni curva della ragazza che ero un tempo. Il dipinto parla di desiderio, di passione, ma anche di rimpianti.

«È bellissimo» dico, emozionata. «Non avrei mai immaginato di vedere qualcosa di così... Così intimo, così personale.»

Sembra che abbia catturato l'essenza di me, come se avesse visto dentro la mia anima in un modo che nemmeno io riesco a fare.

Franco si avvicina e posa una mano sulla mia spalla.

«Volevo che ti guardassi come ti vedo io, come ti ho sempre vista. Ho cercato di dimenticarti e, con il matrimonio, pensavo di esserci riuscito. Ma io e Laura non siamo la metà di una coppia felice, non come quelle dei film... Non come eravamo io e te.»

Non so cosa dire. Prima il quadro, ora questa

confessione inaspettata. Un paio di lacrime mi scendono lungo le guance.

«Grazie, Franco. È davvero un regalo speciale. Non sapevo che fossi così bravo a dipingere. Mi dispiace solo di non poter accettare il tuo dono, non è un quadro che posso appendere sopra il camino, sai...» rispondo, immaginando la faccia di Giacomo se mi presentassi a casa con questa tela.

Giacomo! Mio Dio! Mi sono completamente dimenticata di lui!

Guardo l'orologio: sono le sette e un quarto. Il tempo è volato senza che me ne rendessi conto.

«Adesso devo proprio andare. Non ho nemmeno preparato la cena» dico, per giustificarmi.

Franco si limita ad alzare le spalle.

«Non preoccuparti, ti capisco. Volevo solo mostrarti il mio quadro. Per un periodo ho seguito alcuni corsi di disegno e pittura, sperando di scoprire un talento nascosto, ma è solo per te che l'ho messo in mostra.»

Resto in silenzio, osservando il quadro, cercando di assorbire ogni dettaglio prima di andarmene. Giacomo è sempre puntuale e non so quale scusa inventare se arrivassi in ritardo. Magari potrei dire di aver fatto un tuffo nel passato, ma non la prenderebbe bene.

«Stammi bene, Franco. Ci sentiamo presto, prometto» dico mentre mi avvicino alla porta. Ma lui mi segue, e stavolta mi afferra per il braccio.

«Aspetta! Non andartene così. Prima devi promettere che tornerai da me. Domani, alla stessa ora.»

«Lo farò» rispondo istintivamente. Avverto un nodo in gola mentre pronuncio quelle parole. «Ora lasciami andare, ti prego.»

Franco mi bacia sulla fronte e, con un sorriso, allenta la stretta. Poi mi solleva il mento e accarezza il labbro inferiore con il pollice.

«Ciao, Chiara.»

Esco dallo studio senza voltarmi e, stavolta, prendo le scale invece dell'ascensore. Corro fino al piano terra, esco e mi dirigo verso la mia macchina. Devo riprendere il controllo delle mie emozioni. Ho bisogno di aria fresca, di respirare e di schiarirmi le idee. Non so cosa mi aspettassi da questo incontro, ma di certo non immaginavo di provare ancora così tanto per Franco.

Mentre cammino, il telefono squilla. Guardo il display: è Giacomo. Indugio qualche secondo prima di rispondere.

«Ciao, sono uscita a fare una passeggiata. Arrivo tra poco» dico, e chiudo la chiamata.

Seduta in macchina, appoggio la fronte sul volante per calmare l'ansia. Chiudo gli occhi e ripenso a ogni parola di Franco, accarezzandomi il labbro inferiore, dove ancora sento la pressione delle sue dita.

5

«Prometti che tornerai da me» aveva detto Franco. Una promessa strappata con troppa facilità, e il solo pensiero mi fa vergognare.

Il giorno dopo sono di nuovo qui, che busso alla porta del suo studio di architetto. Stavolta indosso un vestito rosso fragola, troppo appariscente, comprato almeno sei chili fa. Ora mi stringe sui fianchi in modo quasi osceno. Eppure, ogni mio pensiero, ogni desiderio mi sembrano altrettanto osceni.

Sono qui per scopare, non c'è altro modo per dirlo. Non sono più la donna sposata e rispettabile che ero stata fino a quel momento, ma una femmina in calore che non riesce a pensare ad altro che a Franco, alla sua bocca, alle sue mani tra le mie gambe. Lui apre la porta e mi fa entrare senza pronunciare parola alcuna. Entrambi sappiamo cosa sta per accadere.

Franco mi prende per mano e mi conduce nel piccolo salottino.

«Spogliati» ordina.

Non c'è bisogno di ripeterlo. Mi tolgo il vestito, lo lascio cadere a terra e rimango lì in piedi, nuda e vulnerabile. Lui mi squadra da capo a piedi con quegli occhi scuri che mi divorano.

«Cristo, sei ancora più bella di quanto ricordassi» mormora, avvicinandosi. Il suo respiro caldo sfiora la mia pelle, il suo profumo intenso mi avvolge.

Mi stringe tra le braccia e mi bacia con forza, la lingua affonda nella mia bocca. Improvvisamente mi afferra per i fianchi e mi spinge contro il divano, facendomi sdraiare con la schiena sul cuscino. Le sue mani esplorano ogni centimetro della mia pelle, mi stringono i seni, accarezzano il fondoschiena e le mie cosce.

«Ti piace, vero?» chiede.

«Sì» ansimo. «Mi piace da morire.»

«Bene. Perché ho intenzione di farti urlare di piacere.»

Franco si spoglia. Nonostante gli anni trascorsi, rimane ancora bellissimo. Il suo corpo è quello che ho sempre sognato nel mio letto, la sua voce è la sveglia che desidero ogni mattina.

«Sei così sexy» sussurra, mentre rispondo a ogni tocco, a ogni carezza, a ogni pressione. «Non resisto, ti voglio adesso» proclama mentre inizia a spogliarsi.

La sua camicia vola via, seguita dai jeans e dai boxer.

«Ti ho cercata tante volte, ti ho cercata in ogni donna» dice. Poi si infila tra le mie gambe, mentre le labbra si avvicinano alle mie. Mi bacia con una passione che mi lascia senza fiato. Le sue mani si aggrappano ai miei fianchi, stringendomi forte contro di sé.

Facciamo l'amore, ed è come se non ci fossimo

mai separati. I nostri corpi si uniscono in un'armonia universale, in una sinfonia perfetta di gemiti e sospiri, e io vengo sopraffatta da questo desiderio che mi porta rapidamente all'orgasmo, sorpresa di non provare vergogna per ciò che faccio o sento. Sono felice, e questo basta a giustificare il sudore e le grida. Felice come non sono mai stata, come non lo sarò mai più.

Al termine dell'amplesso, Franco si allontana leggermente e mi guarda negli occhi.

«Ho aspettato questo momento per così tanto tempo» sussurra al mio orecchio.

Io non posso fare altro che annuire, incapace di trovare le parole giuste per esprimere la tempesta che alberga nel mio cuore. Franco mi bacia nuovamente, e questa volta la sua lingua esplora la mia bocca con una lentezza che mi fa impazzire. Provo un senso di vertigine, come se stessi cadendo in un abisso di perdizione, senza via di ritorno.

Perdonami Giacomo, perché ho peccato e mi piace. Mi piace e ne voglio ancora.

«Ci dividiamo una sigaretta?»

«Ho smesso. Giacomo non vuole che fumo.»

«Appunto.»

Franco si accende una Chesterfield, fa due tiri e me la passa. Io aspiro la prima boccata a pieni polmoni e subito inizio a tossire e a ridere. Rido anche quando le lacrime mi riempiono gli occhi.

«Tieni, riprenditela. Non ho più il fisico.»

«Ti sbagli, Chiara. Hai sempre un gran fisico.»

Anche Franco ride, e mentre ride mi soffia il fumo tra i capelli, impregnandoli dell'odore acre del tabacco. È solo allora che la mia coscienza si risveglia. Mi ricordo che ho un marito e una casa che mi aspettano.

«Ora devo proprio andare» dico, e subito aggiungo: «Scusami.»

Non so perché ho detto «scusami» invece di un semplice «ciao». È accaduto e basta, un gesto automatico che mi sembra di aver compiuto troppe volte. Continuo a ripensare a questa scelta di parole anche mentre mi rivesto.

Franco, invece, torna a fumare, nudo. I suoi occhi mi scrutano attentamente, e un pudore mi assale. Abbiamo appena fatto l'amore eppure, mentre indosso il vestito rosso fragola, mi sento stranamente a disagio.

«Finalmente hai capito da chi vuoi essere guardata» mi sussurra.

Mi blocco di colpo, con la zip del vestito ancora stretta tra le dita. «Cosa vuoi dire?» sto per chiedere, ma ripeto ancora quella parola: «Scusa.»

«Scusa, ma sono già in ritardo» gli dico, sbattendo la porta.

Scendo le scale in fretta, lanciando occhiate alle mie spalle, quasi mi aspettassi di vederlo comparire all'improvviso, di ritrovarmelo dietro a inseguirmi in mutande. Ne sarebbe capace, se non avesse troppo da perdere in un palazzo affollato. Ma se fossimo stati altrove, se fossimo stati più giovani...

Giovani come quella sera. La sera in cui, anche allora, indossavo un vestito rosso.

Avevo appena superato il mio primo esame all'università, un 30 e lode in Antropologia Culturale, e non vedevo l'ora di festeggiare con le amiche in pizzeria. Faceva caldo, l'aria era densa di umidità, e il mio vestito rosso, leggero e svolazzante, sembrava fatto apposta per quell'occasione. Dopo giorni di studio matto e disperato, finalmente potevo concedermi un po' di leggerezza. Tutto sembrava perfetto. Troppo perfetto perché qualcosa non arrivasse a rovinare tutto.

Ero quasi giunta in pizzeria quando una voce familiare mi chiamò. Mi voltai di scatto e Franco era lì, dietro di me, scuro in volto.

«Che ci fai qui?» domandai, sorpresa. Aveva detto che non sarebbe uscito per almeno una settimana, tanto era immerso nella preparazione di un esame. Invece mi aveva seguita e sembrava arrabbiato con me.

«Che ti sei messa addosso? Sei ridicola conciata così. Quel vestito è così corto che si vede pure la mutanda!» si mise a gridare, come un pazzo. Sì, era pazzo di rabbia. Glielo leggevo negli occhi.

«E allora? Non sono affari tuoi!» ribattei, stringendo i pugni. «Non ho intenzione di discutere di come mi vesto. Sto andando a festeggiare con le mie amiche. Se vuoi unirti a noi, sei il benvenuto.»

Lui scosse la testa, indicando il locale.

«Lo dici solo perché ti piace farti guardare dai ragazzi. Sorridi a tutti, scherzi con tutti, e io ci faccio la figura dello scemo.»

Quelle parole mi gelarono. Dovevo calmarlo, prima che perdesse l'ultimo briciolo di autocontrollo che gli era rimasto. In qualche modo, dovevo riportarlo alla lucidità.

«Franco, ti prego... Non farei mai nulla per ferirti» gli dissi, con voce dolce. Ma lui non si lasciò convincere.

«Se davvero è così, torna a casa e cambiati. Non ci credo che hai messo quel vestito solo per uscire con le tue amiche.»

«Sei ingiusto con me. Per favore, non è come pensi. Non ho secondi fini, se è questo che ti preoccupa...» tentai di spiegare, ma lui non mi lasciò finire.

«Non mentirmi, Chiara. Ho visto come ti atteggi, come ti muovi. Ti piace essere al centro dell'attenzione!»

Aprii la bocca per parlare, ma ingoiai solo aria, cercando di sciogliere il nodo che mi serrava la gola. Io non ero quella persona. Invece, Franco sembrava certo del contrario. E più cercavo di persuaderlo sulla sincerità delle mie intenzioni, più lui restava fermo nella sua idea. La situazione stava degenerando, ma a Franco questo non importava. D'un tratto mi fu addosso. Mi afferrò per un braccio e me lo torse.

«Non ti azzardare a uscire con quel vestito!» mi minacciò.

Il dolore mi fece sussultare.

«Mi fai male!» gridai, cercando di liberarmi. Lui non mi diede retta, e con un gesto rapido, mi strappò la manica.

«Fermo! Che diavolo ti prende?»

Troppo tardi. La stoffa lacerata del mio bell'abito rosso, penzolava come una ferita aperta. Il vestito era rovinato. La mia serata era rovinata, almeno in parte.

Lasciai Franco da solo, per strada, e andai comunque dalle amiche. A loro raccontai una scusa banale, che ero caduta dal motorino o che qualcuno aveva tentato di scipparmi, strappandomi l'abito. Non ricordo esattamente cosa dissi. Ricordo, però, i continui messaggi di Franco quella sera: «Mi dispiace, Chiara. Perdonami, Chiara. Ti amo, Chiara.»

Ah, l'amore! Cosa non si fa per amore! Quella volta lo perdonai. E perché? Per amore.

Mi dissi che non era successo nulla di così grave. In fondo, era solo un vestito. Ma dentro di me montava una rabbia silenziosa. Quel vestito non era solo stoffa: era il simbolo della mia libertà, della scelta di essere me stessa e di vestirmi come mi pare. Franco l'aveva strappato via, e con quel gesto mi aveva fatto sentire in colpa, sbagliata, piena di vergogna.

Nonostante tutto lo perdonai, anzi fui io a chiedergli scusa. Proprio così, gli ho chiesto scusa. Ora, ripensandoci, mi chiedo come abbia potuto farlo.

Franco è stato fuori dalla mia vita per vent'anni. Rivederlo non significa nulla. Il passato è passato e non ha alcun potere su di me. Giacomo è il mio presente, il mio futuro, mi ripeto nella testa, mentre guido. Sono quasi arrivata a casa, eppure le mani mi tremano ancora.

Franco è una cicatrice, una ferita che ho lasciato guarire male, senza mai curarla. Lui non si rende conto di quanto mi abbia fatto soffrire, ne abbiamo parlato poco. Forse non volevo affrontare quella verità neppure io. Invece, ora capisco quanto sia importante ricordare anche il dolore.

Ho fatto male a tornare da lui, lo so bene. Ma non riesco a spezzare quel legame, il filo invisibile che ci tiene uniti oltre il tempo e la distanza. Già mi manca il suo odore, la sua voce, la sua risata.

Entro a casa e trovo solo silenzio. Giacomo non è ancora arrivato, e ogni angolo appare più freddo e vuoto del solito.

Ho dedicato ore a curare questo luogo, in ogni particolare. Ma se mi guardo attorno, oggi mi sento un'estranea.

6

Franco era convinto che io e lui ci fossimo già incontrati in passato. Non mi riferisco a una vita precedente, ovvio, ma al concerto di Joe Strummer. Me lo confessò qualche giorno dopo il nostro primo appuntamento, mentre mi accompagnava a casa dall'università.

Correva il 1989, quando l'ex cantante dei Clash fece tappa a Salerno con i Latino Rockabilly, e mezza gioventù salernitana accorse in piazza Mazzini per vedere l'icona del punk in una delle sue ultime esibizioni. C'era anche Franco, che mi raccontò di avermi notata subito mentre ballavo sotto il palco, e di aver sperato di incontrarmi nuovamente. Una settimana dopo mi riconobbe mentre facevo la fila in segreteria e, con la scusa di chiedermi un'informazione, attaccò bottone con me. Perciò, ogni volta che ascoltava i Clash, non poteva fare a meno di pensare che il nostro amore fosse scritto nel destino.

Io ero destinata a lui, diceva.

C'è solo un piccolo problema: io non sono mai stata al concerto di Joe Strummer. Quel giorno avevo l'influenza e sono rimasta a letto con la febbre a 39, coccolata dai miei genitori. Al concerto, però, era andata la mia amica Serena che, armata di un mangiacassette (sì, c'erano ancora i mangiacassette), mi aveva registrato tutto il live, dall'inizio alla fine. Potevo recitare a memoria la setlist come se fossi stata davvero lì a ballare sotto il palco. Così, quando Franco mi raccontò di avermi vista quella sera, come in un sogno, mi sentii in dovere di lasciarglielo credere. In fondo, che male c'era? Franco voleva vivere una favola e, a quel punto, lo volevo anche io, persino più di lui.

Durante il nostro fidanzamento mi raccontò di essersi innamorato di me a prima vista, quella sera stessa, e io non ebbi il coraggio di dirgli la verità. Anzi, più lui parlava del concerto, più mi convincevo di esserci stata veramente, tanto che finii per credere alla sua versione, quella in cui la sconosciuta misteriosa ero io. Forse non mi ero ammalata come ricordavo, e la cassetta TDK che conservo ancora l'avevo registrata io, e non la mia amica Serena. Innocenti bugie che ripetevo per convincermi che io ero destinata a Franco, come lui era destinato a me. Per questo motivo ero sempre disposta a perdonarlo. Avrei fatto di tutto pur di non spezzare l'illusione che mi ero costruita. Ieri come oggi.

Oggi non sono più la stessa donna. Ho cambiato casa, ho cambiato città, ma dentro di me nulla è mutato. Ogni volta che penso a Franco, ho voglia di correre da lui e gettarmi a capofitto tra le sue braccia. E questa non è un'illusione. Se mi guardo allo specchio, vedo una versione più giovane di me – quella che amava Franco – sovrapporsi alla donna che sono oggi. La donna che ha scelto di sposare Giacomo, che ha costruito una vita con lui, che ha cercato di dimenticare Franco e il passato. Ma il passato non si dimentica facilmente, soprattutto quando bussa alla tua porta, anzi al tuo cellulare.

Franco mi manda un nuovo messaggio. Scrive che vuole rivedermi, che quel pomeriggio, dopo che me n'ero andata, mi aveva preso un regalo per farsi perdonare la battuta sul vestito.

«Lo sai che da giovane facevo un mucchio di cazzate, non farmela pesare» continua. «Ero un idiota, lo ammetto, però adesso facciamo pace. Domani, stesso posto e stessa ora? Non dire di no.»

«Va bene, hai vinto» digito, mentre spio la luna dalla finestra.

«Grazie, Chiara» risponde quasi immediatamente. «Non ti deluderò.»

Sorrido, anche se so che non dovrei. Franco ha sempre saputo come farmi cedere con un semplice messaggio, e io, come una stupida, ci casco ogni volta. Ma questa volta sarà diverso, mi dico. Non posso permettere che la storia si ripeta.

7

Sollevo mollemente il braccio mezzo addormentato in direzione di Franco. Gli accarezzo i capelli e ne approfitto per osservare meglio il braccialetto che mi ha regalato. La linea è semplice ma elegante, una catena d'argento con un pendente a forma di cuore, finemente intarsiato.

«Ti piace?» chiede.

«Lo adoro.»

«Questo è un simbolo di ciò che siamo» mormora con voce bassa mentre lo stringe di più al mio polso. «Ecco, così va meglio. Non toglierlo mai.»

«Non lo farò» rispondo. «Grazie per il regalo.»

«Non devi ringraziarmi. È solo un piccolo dono per rafforzare il nostro legame. Ho pensato che potessi avere dei dubbi su quanto abbiamo fatto ieri e volevo rassicurarti...»

«Mi stai dicendo che volevi solo pararti il culo?» lo provoco. Ma i suoi occhi diventano di colpo freddi come il metallo del braccialetto. Forse dovrei smetterla di stuzzicarlo, quel regalo, in fondo, è una semplice ma autentica dimostrazione di affetto nei miei confronti. Allora perché suona come un campanello d'allarme? Ho una brutta sensazione, ma cerco di scacciarla con il sesso.

«Vieni più vicino...» inizio a dire, ma la voce viene interrotta dal suono del mio telefono che squilla. Guardo il display e vedo il nome di Giacomo. Devo rispondere.

«Ciao Giacomo» dico, cercando di mantenere un tono di voce normale.

«Dove sei?» chiede lui, in preda all'agitazione.

«Sono qui a Salerno. Sono uscita a fare una passeggiata.»

«Una passeggiata? A Salerno? Con questo tempo? Ma non hai visto il meteo? Tra mezz'ora viene giù un bel temporale, e non mi piace saperti alla guida quando piove a secchiate» insiste.

«Non sono lontana, volevo solo... Volevo fare shopping» balbetto, sentendomi colta in flagrante.

«Bene, ma torna a casa presto. Non farmi stare in pensiero» mi dice Giacomo, premuroso, prima di riagganciare. Dovrei essere grata di tanta attenzione, invece sbuffo come una ragazzina beccata a fare qualcosa di proibito.

«Devo andare» borbotto, mentre mi stacco a malincuore dal mio amante.

«Te ne vai sempre sul più bello» mi rinfaccia Franco.

«Ti prego. Non ricominciare, tesoro. Lo sai che se fosse per me...»

«Non devi giustificarti, Chiara. Non sono tuo marito.»

«No, infatti» rispondo, improvvisamente a disagio. «Ma non voglio che pensi che io... Che noi...»

«Che noi cosa?» mi incalza lui, con la voce sempre più dura.

«Che noi stiamo facendo qualcosa di sbagliato. Non è quello che penso. Io non mi vergogno di niente» concludo. Franco, allora, scoppia in una risata amara.

«Quello che pensi tu non conta niente. È già la seconda volta che tuo marito chiama, e tu corri da lui come una cagnetta ubbidiente.»

«E cosa dovrei fare secondo te? Non siamo più due ragazzini. Siamo adulti con responsabilità e doveri. Non possiamo permetterci di fare errori.»

Franco si alza dal letto e si avvia verso la finestra. La pioggia inizia a battere forte contro i vetri, con un rumore ritmico e costante che sembra voler coprire le nostre parole.

«Non è un errore quello che stiamo facendo. È solo una scelta» ribatte. «Chiara, tu sei sposata. Hai una vita, una famiglia. E io ho una moglie. Lo so che non possiamo cancellare il passato con un semplice scatto di dita, che non siamo più liberi come una volta...»

«E allora? Non posso negare quello che sento.»

«Cosa senti, Chiara? Dimmi cosa provi per me.»

«Non lo so» comincio a singhiozzare, mentre

corro da lui e lo abbraccio. «Mi sento confusa. Non so cosa voglio veramente. So solo che con te io mi sento viva. Mi sento desiderata come se fossi tornata indietro nel tempo, quando eravamo giovani e tutto sembrava possibile.»

E per me questo significa amarti. Ma è un pensiero che tengo chiuso nel mio cuore per adesso.

«Da giovani eravamo liberi di fare ciò che volevamo senza preoccuparci delle conseguenze. Ma ora non possiamo più essere così» insisto, mentre le lacrime mi pungono gli occhi. «Abbiamo delle responsabilità.»

Franco annuisce lentamente.

«Lo so. Ma non vuol dire che non possiamo avere qualcosa di nostro. Qualcosa di speciale che ci appartiene, se sei d'accordo...»

«Speciale? Dici davvero? Cos'hai in mente?»

Immagino che ci sia un'altra sorpresa in serbo per me, dopo il bracciale, e sono eccitatissima. Invece Franco mi fa una strana richiesta.

«Non voglio che dormi più con lui, con tuo marito.»

«Come? Perché?»

«E me lo chiedi pure? Ti sembra giusto che io sto lontano da mia moglie mentre tu dividi il letto con un altro uomo?»

«Che c'entra? Tu fai avanti e indietro da casa per motivi di lavoro, lei ci è abituata. Però io che scusa invento?»

«Fatti tuoi. Se ci tieni a me allora escogita qualcosa» mi risponde, sempre più adirato. «Non mi piace l'idea che tu dorma con lui. Non mi piace affatto.»

«Perdonami, non posso farlo. Non sarebbe giusto nei confronti di Giacomo» protesto.

«E non sarebbe giusto nei miei confronti se tu continuassi a dormire con lui» ribatte Franco. «Non capisci? Ti voglio tutta per me. Non posso sopportare l'idea che passi la notte con un altro uomo.»

«Giacomo non è un altro uomo. È mio marito!» gli ricordo. «Io ti capisco, perché provo le stesse cose, ma cerca di essere ragionevole: anche tu sei sposato. Questo non possiamo cambiarlo.»

«Allora perché continui a vedermi? Perché non mi lasci in pace?»

«Lasciarti in pace? Io devo lasciare in pace te?»

Franco mi dipinge come una che non sono, una mangiauomini senza scrupoli. Ma non sono stata io a cercare lui. È stato lui a tornare nella mia vita, a volermi, a risvegliarmi. E ora mi tratta come se fossi io la colpevole. Non capisco cosa stia succedendo.

«Sono sempre stato innamorato di te, Chiara. Non ho mai detto "ti amo" a nessuna, nemmeno a Laura. Ma con te l'ho fatto perché ero convinto che provassi lo stesso sentimento. E invece mi sbagliavo. Tu non mi ami. Non come io amo te.

Altrimenti non mi faresti questo. Non mi faresti soffrire così...»

«Basta! Sta zitto! Lo sai che ti amo. Ti amo così tanto che mi fa male il cuore... Ti amo... Ti amo...» continuo a ripetere, come una bambola parlante con il meccanismo inceppato. «Neanche io posso vivere sapendo che tu stai con un'altra donna. Non posso vivere con questo peso.»

«Non c'è un'altra donna, Chiara. Ci sei solo tu. Sempre e solo tu.»

Le sue parole mi avvolgono, si insinuano dentro di me come un'ossessione. Le ho sentite tante volte, eppure mi catturano di nuovo.

«Ci sei solo tu.»

La sua voce è ferma, decisa, ma sotto c'è qualcosa di disperato. Un bisogno viscerale. Una fame che prima eccita e poi divora. Io sono preda dello stesso male, e mi avvicino a lui per stringerlo più forte.

«Anche per me tu sei l'unico uomo al mondo. L'unico che mi ha fatta sentire così. Hai sempre avuto un posto speciale nel mio cuore.»

Franco scuote la testa, nega tutto.

«Non è abbastanza, Chiara. Non basta solo avere un posto nel tuo cuore. Io voglio di più. Ti voglio tutta.»

«Tu mi hai! Sei l'unico uomo che desidero, l'unico con cui voglio dividere il mio letto» dico.

Ecco, ho ceduto. Le parole che avrei dovuto

evitare sono uscite da sole, come se avessero una volontà propria. Franco mi guarda un istante, quegli occhi neri che bruciano, poi mi prende per mano e mi tira verso di sé con così tanto impeto da farci cadere entrambi sul tappeto. È come se il mondo intorno a noi si fosse fermato, lasciandoci soli, avvinghiati in un abbraccio.

«Al ritorno mi inventerò qualcosa e stanotte andrò a dormire in un'altra stanza» gli prometto.

«Bene, allora mandami un WhatsApp prima di addormentarti.»

Di nuovo, quel campanello d'allarme risuona nella mia testa, ma ormai lo ignoro. Sono cieca e sorda di fronte al pericolo, ottenebrata da questo sogno romantico che chiamiamo primo amore. Come una bambina che ritrova un vecchio trenino di legno e ne resta incantata, senza accorgersi dei chiodi arrugginiti che sporgono.

«Mandami un WhatsApp, ti aspetto sveglio» ripete Franco, baciandomi con passione. Io annuisco, felice di aver fatto il suo gioco. Sono una stupidina innamorata, una sciocca, un caso disperato.

Mi alzo dal tappeto, ancora un po' traballante. Il braccialetto risplende al mio polso, simbolo della promessa fatta a me stessa e a lui. Riabbottono il vestito, raccolgo la borsa e infilo le scarpe. Mi volto a guardare Franco, e lui è disteso sul divano, con un sorriso soddisfatto.

«Adesso devo proprio andare» gli dico.

Franco mi accompagna alla porta e mi sussurra all'orecchio: «Ricordati il messaggio».

«Lo farò» rispondo. Chiudo la porta dietro di me e mi avvio verso l'auto, con il peso del suo sguardo addosso.

Il viaggio di ritorno è tranquillo, ma il mio cuore è ancora in subbuglio. Sono maledettamente in ritardo e Giacomo sicuramente mi starà aspettando. Cosa gli dirò stanotte? E domani notte? Quale scusa inventerò per non dormire più insieme? Non posso certo confessare di aver ripreso a vedere il mio primo amore, e di aver promesso a Franco di non dividere più il letto con mio marito. Devo trovare un'altra soluzione.

Entro in casa e trovo Giacomo seduto in cucina, immerso nella lettura di un libro. Alza lo sguardo e mi sorride, ma il sorriso svanisce appena nota la mia espressione turbata.

«Tutto bene, Chiara?» chiede, corrugando la fronte.

«Sì, tutto bene» mento. «Mi preoccupa un po' l'auto, ogni tanto la frizione fa i capricci.»

Lui si alza e prende una birra dal frigorifero.

«Vuoi che ci dia un'occhiata?»

«Non preoccuparti, la porto dal meccanico domani» rispondo, appoggiando la borsa sul tavolo.

«Non te lo dimenticare, mi sembri distratta ultimamente.»

«Sono solo un po' stanca.»

Giacomo torna a sedersi e stappa la birra con un gesto deciso.

«È stata una giornata lunga per entrambi. Io ho preso un aperitivo con qualche stuzzichino al bar, aspettando che spiovesse, e mi è passata la fame. Tu vuoi qualcosa?»

«No, sto bene. Ho mangiato un tramezzino al centro commerciale.»

«Allora che ne dici se stasera andiamo a letto presto?»

La proposta mi spiazza. Resto in silenzio mentre lui beve la birra, il pensiero fisso sulla promessa fatta a Franco. Non posso dormire con mio marito stanotte. Ma come glielo dico?

«In realtà, ho un po' di reflusso» improvviso. «Meglio che vada a dormire nella stanza degli ospiti, altrimenti mi rigiro tutta la notte e non faccio riposare neanche te.»

Giacomo mi guarda perplesso.

«Reflusso? Da quando soffri di reflusso?»

«Non so, dicevo così per dire... Mi sta salendo anche l'emicrania. Forse l'aria condizionata del centro commerciale non mi ha fatto bene.»

Lui abbozza e si stringe nelle spalle.

«Va bene, se è quello che vuoi. Io vado a dormire, tu fammi sapere se hai bisogno di qualcosa. Spero solo che non sia l'inizio di un'influenza» dice, mentre si avvia in camera da letto.

Mi sento in colpa per avergli mentito, ma non

posso fare altrimenti. Non posso dirgli la verità.

Mentre preparo il letto nella camera degli ospiti, i pensieri mi si aggrovigliano nella testa. La stanza è immersa nel silenzio. Prendo il telefono e scrivo un messaggio a Franco, come promesso.

«Sono a casa, nel mio letto. Da sola. Buonanotte.»

Aspetto una risposta, ma non arriva.

8

Dormire in soggiorno non mi aiuta a guarire dal mal di testa. Anzi, giorno dopo giorno, settimana dopo settimana, il dolore aumenta, almeno così racconto a Giacomo. Avevo promesso a Franco di non dormire più con mio marito e intendevo mantenere quella promessa a ogni costo.

Avevo più paura di tradire la fiducia di Franco che quella di Giacomo.

C'era qualcosa di perverso nel vivere questa doppia vita, nel fare continuamente promesse impossibili da mantenere. Qualcosa che mi spingeva a pensare che, in fondo, il letto degli ospiti non fosse poi così male. Certo, quella stanza dimenticata - un angolo trascurato da anni - con la tappezzeria un tempo elegante, ora scolorita e sbiadita, non era tra le più accoglienti. Macchie d'umidità si intravedevano tra le pieghe del tessuto, e sul vecchio comò appoggiato alla parete c'era una foto ingiallita: Giacomo e i suoi genitori, abbracciati ai bordi di una spiaggia estiva. Anche io e lui abbiamo una foto simile, scattata in luna di miele, quando eravamo felici e innamorati. Ma ora cosa siamo diventati?

Mi sistemo il letto e mi infilo sotto le coperte, cercando di non fare rumore mentre sento Giacomo avvicinarsi alla porta.

«Chiara?» chiede, ma non entra. «La colazione è pronta.»

«Grazie, arrivo subito.»

Mi giro e accendo la lampada sul comodino. La stanza è silenziosa, interrotta solo dal ronzio del LED e dal ticchettio dell'orologio a parete.

D'un tratto, il telefono vibra sul cuscino. Un messaggio di Franco recita: «Hai pensato a me stanotte?».

«Sì» rispondo, anche se in realtà pensavo a Franco tutto il giorno, mentre la notte mi abbandonavo al sonno sfinita, esausta dal continuo ricreare nella mente le fattezze dell'uomo che amavo e che non potevo avere tutto per me.

La verità è che non riesco a smettere di pensare a lui. La sua presenza mi ossessiona, pervade ogni pensiero, ogni gesto. Quando chiudo gli occhi, vedo il suo volto, sento il suo tocco, il suo respiro caldo sulla mia pelle. È come se fossimo ancora lì, nel suo studio, la sera in cui mi regalò il braccialetto. Franco è una droga di cui non posso più fare a meno. Ma sono sposata. E anche lui è sposato. Perché il fatto che abbia una moglie mi crea così tanto fastidio?

Non so che mi succede, ma sapere che Franco torna sempre da lei mi provoca un nodo allo stomaco. Forse è gelosia, o la consapevolezza che ciò che stiamo facendo è sbagliato su più livelli, ma non posso sopportare l'idea che ci sia un'altra donna nella sua vita, un'altra casa in cui, alla fine, ritorna sempre, anche se solo per il weekend. Mi sento rifiutata da un club segreto a cui avrei voluto appartenere, ma da cui sono sempre stata tenuta lontana. Franco mi ha dato un assaggio di quel club, ma ora il sapore è amaro e l'esclusione insopportabile.

Sono confusa, arrabbiata, ferita. Lui ha sempre occupato un posto speciale nel mio cuore, ma ora quel posto è divenuto fonte di dolore e incertezza. La notte non riesco a dormire, e il giorno faccio fatica a funzionare. Mi sento un'ombra, una versione diluita della donna che ero quando io e Giacomo ci volevamo bene. Ogni giorno diventa sempre più difficile interagire con lui.

A colazione, Giacomo tenta di conversare, ma io tengo gli occhi bassi. Rispondo a monosillabi, come se fossi distratta o preoccupata per qualcosa di cui non voglio parlare. Le mani tremano mentre mi nascondo dietro la tazzina di caffè, cercando di evitare qualsiasi contatto visivo con lui, ma il tentativo è vano. Giacomo nota il braccialetto al mio polso e chiede con voce neutra: «Hai acquistato un nuovo gioiello?»

«Sì, l'ho comprato a Salerno, un po' di tempo fa» rispondo. «Volevo qualcosa di nuovo, un piccolo capriccio.»

Lui alza un sopracciglio, osservandolo con attenzione.

«Sembra un pezzo pregiato. Lo indossi sempre, hai preso una sorta di fissazione?»

«Sì, forse. Il braccialetto è bellissimo» dico, pronta a cambiare argomento. «E poi, com'è andata con quel tuo cliente, quello in attesa del finanziamento per la villa a Minori?»

Giacomo alza gli occhi dal braccialetto e li posa su di me, sorpreso.

«Ah, sì. In effetti stiamo facendo progressi. Il finanziamento è ancora in approvazione, ma le prospettive sono buone.»

«Mi fa piacere» rispondo, fingendo interesse. Intanto il mio cellulare squilla per una nuova notifica. Sarà un messaggio di Franco.

«Ieri ho dimenticato di annaffiare le rose» dico a Giacomo mentre prendo lo smartphone. «Vado in giardino a controllare se non sono già morte.»

Lui si alza e mi segue.

«Non preoccuparti, le rose sono resistenti.»

«Spero tu abbia ragione» rispondo, inginocchiandomi per ispezionare le piante. «Non posso sopportare l'idea di perderle.»

Giacomo si china accanto a me e mi bacia sulla fronte.

«Non preoccuparti, io vado. Tu pensa alle piante.»

«Grazie, forse hai ragione. Le rose sembrano stare bene» dico, mentre si allontana.

È la verità. Le rose stanno bene, mentre io sto malissimo. Ho fatto giusto in tempo a cancellare l'ennesimo disegno osceno di Franco che lampeggiava sul display. Ma perché continua a mandarli a quest'ora, sapendo che mio marito è a casa? A volte penso che lo faccia apposta.

«Quasi dimenticavo, se scendi a Salerno comprati qualcos'altro di carino e non badare a spese» grida Giacomo alla porta. «Ho una sorpresa per te.»

«Una sorpresa?» chiedo, incuriosita.

«Sì, ho pensato che potremmo passare un po' di tempo insieme, solo noi due. Ho prenotato una cena in un ristorante qui vicino, un posto che non abbiamo mai provato. Che ne dici?»

«Sembra una buona idea» rispondo, cercando di nascondere la delusione. Non sono pronta per una cena romantica tra coniugi, non oggi.

«Perfetto, allora ci andiamo stasera. Torno, mi cambio e poi usciamo.»

Giacomo sale in macchina con un sorriso soddisfatto. Io, invece, sto sempre peggio. Sono diventata un'eccellente bugiarda, ma è un talento di cui farei volentieri a meno.

Tra le tante cose che gli nascondo c'è anche questo sogno ricorrente: immagino una cena in un ristorante costoso ed elegante, quando all'improvviso arriva Franco. Si piazza davanti a noi, mi prende la mano e mi porta via con sé. All'inizio mi spavento, vorrei tornare indietro, ritrovare la sicurezza di Giacomo. Poi l'eccitazione prende il sopravvento, il cuore accelera e capisco che è lì che voglio essere... Con Franco. Chissà se prima o poi questo sogno si avvererà!

Penso a lui, e arriva un'altra notifica.

«Ci vediamo stasera? Inventa una scusa, non riesco a dormire se prima non faccio l'amore con te» scrive.

Il cuore accelera di nuovo. Vorrei rispondergli subito, dirgli che anche io dormo male senza di lui, ma se lo faccio, vorrà vedermi per forza questa sera, e io non saprò dirgli di no.

Franco è diventato sempre più esigente nelle ultime settimane. Vuole sapere in ogni momento dove mi trovo, con chi sono, cosa faccio. All'inizio la sua gelosia mi faceva sentire desiderata, importante. Ora, invece, è soffocante, ma non riesco a staccarmene.

Ripenso alla nostra ultima conversazione, quando gli ho chiesto se avesse mai pensato di lasciare Laura. La sua risposta è stata evasiva, come al solito.

«Non posso fare questo a Giusy. È così giovane, così sensibile... Soffre già tanto per i litigi tra me e sua madre, se divorziassi mi odierebbe.»

Anche stavolta ho annuito, comprensiva, ma dentro di me c'era pura frustrazione.

Guardo di nuovo il messaggio di Franco. Le dita mi prudono dalla voglia di rispondere, di dirgli che lo amo, che voglio stare con lui. Ma una parte di me sa che non è giusto, che mi sto illudendo. Franco non lascerà mai la sua famiglia, e io rischio di perdere tutto per una fantasia. Eppure, quando sono con lui, tutto sembra possibile. Il suo tocco mi fa dimenticare ogni dubbio, ogni senso di colpa. Quando mi guarda con quegli occhi intensi, mi sento l'unica donna al mondo. E poi ci sono i suoi disegni, quelli spinti che mi manda, che mi fanno arrossire ed eccitare allo stesso tempo. Nessuno mi ha mai fatto sentire così bella.

Sto giocando con il fuoco, ma questo fuoco scalda il mio cuore. Ecco perché continuo a tornare da lui, nonostante tutto. Ogni volta che mi guarda, il mondo intorno a noi svanisce, come se fossimo gli unici due esseri umani sulla faccia della terra.

«Allora, ci vediamo?» insiste Franco su WhatsApp. «So che è rischioso, ma io non posso vivere senza di te.»

Le sue parole mi emozionano, inaspettatamente. So che dovrei dirgli di no, che dovrei correre via e non voltarmi indietro, ma non posso e non voglio.

La paura di perderlo - o di farlo arrabbiare - mi sfinisce. Sono stanca.

Visualizzo, ma non rispondo. Passano alcuni minuti, poi scrivo: «Mandami una foto di Laura e di Giusy.»

Lui non chiede spiegazioni. Forse pensa che io voglia vedere da vicino la mia rivale, e ha ragione. Ho bisogno di confrontare la mia immagine con quella della moglie, la mia infelicità con la sua.

Non attendo troppo. Poco dopo Franco ha inviato la foto. La apro e rimango colpita.

Laura è così diversa da me: i suoi lineamenti sono delicati, la sua figura elegante e perfettamente composta, ben lontana dalle pose da maschiaccio che mi contraddistinguono. Giusy, invece, sorride con un'espressione serena, tipica di chi cresce in una famiglia felice.

Se il matrimonio dei suoi genitori è ai ferri corti, perché lei non sembra risentirne? E se davvero Franco ha cercato me in ogni donna, perché sua moglie non mi assomiglia affatto?

9

«Sei una lurida!»

Il messaggio mi arriva nel bel mezzo della notte. Afferro il cellulare, ancora mezza addormentata, senza capire cosa stia succedendo. Franco è a Roma, come tutti i weekend, con Laura e Giusy. Non mi scrive mai nel fine settimana, non mi cerca; per lui sembra che io non esista.

«Certo che ti piace farmi soffrire. Basta. Mi fai schifo.»

Un'ondata di nausea mi invade. Sento le lacrime salire, improvvise, senza un motivo preciso. Ma deve esserci un motivo, qualcosa che lo abbia fatto arrabbiare. Ancora una volta.

Sta succedendo di nuovo, anche se non voglio crederci. La sua passione si trasforma in rabbia, un mostro che non riesco a controllare. Non so cosa abbia fatto stavolta, ma non posso permettergli di trattarmi così. Prendo il telefono e mi chiudo in bagno per registrare un vocale.

«Franco, calmati. Non so di cosa stai parlando.»

La mia voce è bassa e ferma, ma dentro tremo. Il messaggio successivo arriva subito, carico di accuse.

«La foto che hai postato stamattina su Facebook, solo per farti vedere le gambe.»

Stringo il telefono tra le dita, incredula.

«Sei impazzito? Io non ho fatto vedere le gambe a nessuno, tantomeno su Facebook!»

La sua risposta è immediata.

«Bugiarda! C'è ancora la foto dove mostri orgogliosa il morso che la zanzara ti ha fatto sulla coscia!»

Sbatto le palpebre, confusa. Ci impiego qualche secondo a mettere insieme i pezzi e, quando finalmente tutto ha senso, mi porto una mano sulla bocca per soffocare una risata. Registro un nuovo vocale e, con voce più calma, dico: «Ma quale coscia? Quelle nelle foto sono le mie braccia, inquadrate da vicino con lo zoom!»

Per rafforzare le mie parole, scatto una foto del morso e gliela invio. Attendo la sua reazione, forse delle scuse. Ma non arrivano. Invece, il telefono inizia a squillare. Fortuna che avevo impostato la vibrazione.

«Pronto, Franco?»

«Chiara, mi dispiace. Ho frainteso la situazione» dice lui, con voce più tranquilla.

«Non c'è problema. Sono contenta che tu abbia capito che non sono poi così lurida» ribatto, senza nascondere il fastidio.

«Sì, scusami. Lo sai che divento geloso quando sei lontana.»

«Lo so, Franco, lo so» sospiro, e sento la mia rabbia sciogliersi. «Ma non puoi continuare così.

Non puoi accusarmi di cose che non ho fatto e insultarmi.»

«Hai ragione. È solo che ti amo così tanto. L'idea che qualcun altro possa guardarti, desiderarti... Divento pazzo.»

La sua voce mi avvolge come una carezza. So che dovrei essere arrabbiata, chiudere la chiamata e forse anche questa relazione, ma le sue parole d'amore sono come una droga.

«Anch'io ti amo» sussurro, sentendomi improvvisamente vulnerabile. «Ma devi fidarti di me.»

«Mi fido di te, amore mio. È degli altri che non mi fido» risponde lui. «Promettimi che starai attenta. Che non darai motivo a nessuno di guardarti in modo inopportuno.»

Una parte di me sa che questa richiesta è assurda, possessiva, sbagliata, ma l'altra, quella che brama disperatamente il suo amore, accetta senza esitazione.

«Te lo prometto, Franco.»

Dopo aver chiuso la chiamata, torno a letto. Nell'altra stanza, Giacomo dorme ancora, ignaro di tutto. Una parete sottile ci separa, ma mi sento distante anni luce da lui. Il mio cuore, la mia mente, tutto il mio essere appartiene a un altro.

***

Nei giorni seguenti controllo ossessivamente ogni mia mossa. Cambio vestiti tre volte prima di uscire per evitare sguardi indesiderati e cancello tutti gli amici maschi da Facebook. So che non è giusto, sono troppo accondiscendente, ma ogni messaggio dolce di Franco mi convince che ne vale la pena.

Una sera, mentre siamo nel suo ufficio, Franco mi fa un'altra richiesta.

«Voglio che tu sia solo mia. Togli tutte le tue foto da Facebook. Nessuno deve vedere quanto sei bella.»

No, questo no. Su Facebook ci sono foto di famiglia, ricordi importanti. Provo a farglielo capire, ma lui insiste.

«Se mi ami davvero, lo farai. O cerchi di attirare l'attenzione di qualcuno?»

Non è più una domanda, è un'accusa. Io sto zitta. Non voglio che Franco si arrabbi di nuovo, non voglio perderlo.

«Va bene» cedo, infine. «Lo farò per te.»

In un attimo, il suo umore cambia, torna sereno come un cielo d'estate. Franco mi bacia con passione, e io mi perdo in quel bacio, lasciando che tutto il resto svanisca. Ma so già che non durerà.

Più tardi, mentre elimino le mie foto da Facebook, le lacrime scivolano senza preavviso. Non dovrei piangere, eppure lo faccio. Un motivo c'è: sto perdendo pezzi di me stessa, e non so come fermarmi. Ciò che faccio non è mai abbastanza per lui. Meritare l'amore di Franco è diventato un dovere, una sfida da vincere a tutti i costi, anche se alla fine di me non resterà che un involucro vuoto.

Premo un tasto ed elimino una foto dopo l'altra. Via le immagini del mio matrimonio con Giacomo, i compleanni con gli amici, le vacanze in famiglia e altri ricordi preziosi, tutti sacrificati sull'altare dell'amore ossessivo.

Quando arrivo all'ultima foto, il mio dito si ferma sopra il pulsante ELIMINA. È una mia immagine da giovane, sorridente e spensierata, scattata il giorno del diploma. Ero piena di sogni e speranze, immaginavo la mia vita come una favola in cui tutto poteva succedere. Cosa direbbe quella ragazza ora? Probabilmente mi direbbe di crescere, di non essere un'incosciente. Io però non la starei a sentire.

Con un singhiozzo soffocato, premo il pulsante. La foto scompare, portando via l'ultimo brandello della mia identità.

Pochi istanti dopo, arriva il messaggio di Franco.

«Hai fatto come ti ho chiesto?»

«Sì, ho cancellato tutto.»

«Brava, la mia Chiara. Sei la donna perfetta per me.»

Quelle parole dovrebbero farmi sentire amata, ma mi schiacciano.

Stringo i denti, non posso permettermi di dubitare. Sto rischiando tutto per Franco: non solo il matrimonio, ma il mio stesso futuro. Mi ripeto che se faccio come dice, se dimostro di essere perfetta come lui mi vuole, alla fine lascerà sua moglie e mi chiederà di vivere insieme.

Quella speranza è l'unica cosa che dà un senso alla mia vita ora, una vita in cui mi muovo come un automa, cercando di non attirare l'attenzione.

Perfino Giacomo nota il mio comportamento strano, ma quando mi chiede se va tutto bene, minimizzo e dico che non è nulla.

Franco, nel frattempo, è sempre più possessivo. Mi chiama continuamente, vuole sapere dove sono e con chi.

Una mattina, mentre prendo un caffè con Caterina, mi bombarda di messaggi intimidatori.

«Chi c'è con te? Ci sono uomini? Perché non rispondi subito?»

Leggere quelle parole mi toglie il fiato. So che se non rispondo, la situazione peggiorerà. Ma se rispondo, rovino il caffè con la mia migliore amica. Alla fine, mi scuso e vado in bagno per chiamarlo.

«Sono al bar con Caterina. Te l'ho detto prima di uscire, ricordi?»

«Non mi fido di lei. Non mi ha mai potuto vedere. Diceva che avevo una cattiva influenza su di te. Potrebbe presentarti qualcuno solo per separarci.»

«Ma se non le ho nemmeno confidato che ci frequentiamo di nuovo!»

«Ti ripeto che non mi fido. Torna subito a casa,

Chiara.»

Non è una richiesta, è un ordine. La sua voce è fredda, minacciosa. Dovrei ribellarmi, dire di no, invece obbedisco senza pensarci due volte.

Franco mi muove come un burattino, tirando i fili a suo piacimento, e io glielo lascio fare, perché ho scelto lui e nessun altro. Dipendo da Franco. Gli ho affidato il mio cuore, la mia vita. Di questo si tratta: una questione di vita o di morte. Difendo le mie scelte, anche quelle sbagliate, mentre mi ostino a proteggere un castello di sabbia che la marea porterà via comunque.

10

Alla fine, ci si abitua così tanto alla sofferenza che persino il dolore più assurdo viene ricordato con una sorta di nostalgia. Ma non è nostalgia, è solo la memoria di un tempo in cui si era ancora capaci di sentire qualcosa. Ora non ricordo più nulla, non sento più nulla. Solo il vuoto che mi avvolge e mi consuma.

Il telefono lampeggia. Una notifica. Franco mi chiede dove sono, cosa sto facendo.

«Sono a casa» rispondo.

«Non ti credo. Sei con lui, vero?»

«Chi?»

«Non fare la finta tonta. Giacomo. Sei con lui?»

«No, te lo giuro. Non c'è nessuno con me.»

La sua gelosia è assurda, ingiusta. Vuole un amore esclusivo, incondizionato, anche se sa che è impossibile. E poi, se fossi con mio marito, cosa ci sarebbe di strano? Questa casa è anche la mia, non posso semplicemente andarmene. E per andare dove? Da lui? Franco non ha mai pensato davvero al divorzio. Dice che lo fa per sua figlia, per proteggerla, ma so bene che non vuole rinunciare alle sue comodità.

Quando scende a Salerno, dorme da sua madre, che lo vizia e lo coccola come se fosse ancora un bambino.

Me la ricordo bene, sua madre. Una bella donna, ma con il volto segnato da un divorzio doloroso. Il padre di Franco l'aveva lasciata per un'altra, abbandonando il focolare domestico senza più rimetterci piede. Così, lei aveva riversato tutto il suo affetto sui figli, soprattutto su di lui. Ancora oggi lo tratta come il suo "bimbo", lo spalleggia e gli gratta la schiena ogni volta che litiga con la moglie, senza curarsi di chi abbia torto o ragione. Me l'ha detto lui stesso. Franco è cresciuto con l'idea che l'amore debba giustificare tutto, e ha finito per crederci.

Per me, amare incondizionatamente significa accettare una persona per ciò che è, con i suoi pregi e i suoi difetti. Per Franco, invece, significa accogliere ogni sua pretesa, ogni suo capriccio, senza discutere. Prima che potessi capirlo davvero, ho finito per assecondare questa visione distorta, intrappolandomi in una rete di obblighi sempre più assurdi, convinta che fosse quello il vero amore.

L'ultima richiesta è stata la goccia che ha fatto traboccare il vaso.

A Giacomo piace trovarmi a casa quando rientra dal lavoro, cenare insieme, scambiare due parole. E io lo assecondo per non insospettirlo. Ma a Franco non sta bene, perché lo fa sentire in secondo piano. Così, adesso esige una foto, una ogni ora, a prescindere da cosa io stia facendo. Vuole essere al centro di tutto, in modo totalizzante, e questo mi spaventa.

All'inizio ho cercato di resistere, di fargli capire quanto fosse pericolosa quell'idea. Ma lui ha insistito.

«Se mi ami, non dovrebbe essere un problema» ha detto con quel tono perentorio che conosco fin troppo bene. E così ho ceduto, ancora una volta, per non sentirmi indegna del suo amore.

Indegna, io.

Di punto in bianco, mi sono ritrovata a scattare foto ovunque: in cucina, in bagno, persino mentre tagliavo l'arrosto. Ho dovuto impostare un timer, e adesso, ogni volta che suona, vado nel panico. Cosa succederebbe se non potessi inviare la foto? Se fossi in un posto senza campo?

Ieri, al ristorante con Giacomo e un'altra coppia di amici, il timer mi ha ricordato dello scatto. Ho cercato di essere discreta, ma lui ha notato il mio nervosismo.

«Va tutto bene?» mi ha chiesto, con quella gentilezza che oramai trovo fastidiosa.

«Sì, sì» ho risposto in fretta. «Devo solo... Devo controllare una cosa su Facebook.»

Ho scattato la foto senza farmi scoprire e l'ho inviata a Franco. Pochi secondi dopo, è arrivata la risposta.

«Chi c'è con te? Perché sei vestita così?»

L'ansia mi ha serrato la gola. Se avessi risposto al suo messaggio, tutti si sarebbero accorti che mi tremavano le mani. Come avrei potuto giustificare il mio comportamento sempre più strano? E poi, guardando Giacomo dall'altra parte del tavolo, ho avuto un'epifania. Ho visto con chiarezza quanto fossi cambiata, quanto mi fossi allontanata non solo da mio marito, ma da me stessa. Ho riconosciuto la trappola in cui ero caduta, l'abisso di controllo e manipolazione in cui Franco mi aveva trascinata. E di colpo, una scintilla di ribellione si è accesa dentro di me. Ho spento il telefono, decisa a godermi la cena e la compagnia di mio marito, e non ho più risposto ai messaggi di Franco fino a stamattina. Ma anche ora continuo a ribellarmi.

«Non c'è nessuno con me» ripeto. Invece ho mentito. Non sono sola.

Caterina è seduta sul divano, una tazza di caffè nella mano destra e una sigaretta nella sinistra. La sua espressione resta indecifrabile. Vorrei leggerle dentro, scoprire cosa pensa di me, ma temo la risposta. Fino a oggi è stata la complice inconsapevole dei miei tradimenti. Da quando le ho confessato tutto, però, non so cosa aspettarmi.

«Vuoi che ti legga le carte?» chiede, senza staccare lo sguardo dal caffè. La sua voce è calma, quasi indifferente, eppure so che sotto la superficie ribolle la collera.

«Non so...» temporeggio. «Forse è meglio di no. Mi spaventa conoscere il futuro.»

«Non essere sciocca» ribatte, posando la tazza

sul tavolino. «Le carte non mentono mai. E tu hai bisogno di capire cosa ti aspetta.»

«Va bene, leggimi le carte.»

Mi siedo di fronte a lei e la osservo che mescola i Tarocchi con movimenti lenti e precisi.

«Prendi tre carte e mettile a faccia in giù» dice, mentre dispone il mazzo a ventaglio.

Seguo le sue istruzioni con il cuore che martella nel petto. Quando ho finito, mi fa cenno di proseguire.

«Ora voltale» ordina.

Le carte si rivelano: la prima è la Torre, la seconda quella degli Amanti e la terza la Luna. Caterina le esamina attentamente.

«La Torre rappresenta il cambiamento. Può significare qualcosa di drastico, un evento improvviso o una decisione importante.»

Annuisco. Ma non ho bisogno delle carte per sapere che tutto è cambiato con l'arrivo di Franco.

«Gli Amanti parlano dei tuoi sentimenti, ma non è un amore semplice. Qui c'è una lotta interiore, una scelta difficile da compiere.»

Sfioro la carta con le dita. Le due figure si fronteggiano, quasi a sfidarsi. Io e Franco? O forse io e Giacomo? Il conflitto è evidente, ma non so chi ne uscirà vincitore.

Poi c'è la Luna. Sulla carta sono raffigurati due lupi che abbaiano nella notte, con le fauci spalancate. Li trovo inquietanti.

«La Luna simboleggia l'oscurità e l'ignoto» spiega Caterina. «Potrebbe esserci qualcosa che ti rifiuti di vedere, o che ti viene tenuto nascosto. Ma la verità non è mai da temere, Chiara. Le carte non mentono.»

«Cosa devo fare?»

«Sii onesta con te stessa. Guarda dentro di te, capisci cosa vuoi davvero. Ascolta il tuo istinto: se qualcosa non ti sembra giusto, probabilmente non lo è.»

È la verità. Devo decidermi, ma troncare con Franco, per quanto sbagliato sia stare con lui, è difficile. La sua assenza aprirebbe un vuoto impossibile da colmare, lo so. Ho già vissuto tutto questo.

«Non credo di essere abbastanza forte...» sospiro.

«Lo sei» risponde Caterina, con fermezza. «Sei più forte di quanto immagini. E ricorda, non sei sola.»

Le sue parole mi scaldano il cuore. Per mesi ho vissuto in una realtà chiusa, dove esistevamo solo io e Franco. All'inizio mi sembrava esaltante, un amore totale ed esclusivo, ma col tempo quell'amore si è trasformato in una prigione. Franco mi ha isolata, facendomi dimenticare che fuori da quel legame ci sono persone che mi vogliono bene e che si preoccupano davvero per me.

Vorrei abbracciare Caterina, ringraziarla per non avermi giudicata, ma il telefono vibra di nuovo. Franco, ovviamente. Stavolta, invece di rispondere, chiedo consiglio a lei.

«Non devi rispondere se non vuoi» dice.

Stringo il telefono tra le mani. Respiro. Faccio la mia scelta.

«Hai ragione, non devo rispondere. Non sono obbligata.»

Spengo il telefono e, per la prima volta, sento di aver fatto la cosa giusta. So che Franco non accetterà la mia decisione a cuor leggero, e cercherà in ogni modo di riportarmi dentro il suo gioco, ma non posso più lasciarglielo fare. Non posso permettergli di manipolarmi ancora.

Scorro la lista dei contatti, trovo il suo nome e premo decisa il tasto BLOCCA. Un minuto dopo faccio lo stesso su Facebook. Franco scompare dalla mia lista di amici, come se non fosse mai esistito. E in un certo senso, è così. Non posso essergli amica se non smetto di desiderarlo, di pensare a lui ogni secondo.

«D'ora in poi voglio pensare solo a mio marito» dico a Caterina, mentre la accompagno alla porta. L'avrò convinta? E quanto tempo ci vorrà per convincere me stessa?

***

Più tardi, quella sera, quando Giacomo rientra dal lavoro, lo accolgo con un abbraccio. Lui non se l'aspetta. Il suo corpo s'irrigidisce per la sorpresa, ma dopo un istante si rilassa e ricambia il gesto.

«Come è andata oggi?» gli chiedo.

«Tutto bene, e tu?» risponde.

«Bene. È passata Caterina. Poi ho sistemato il giardino e preparato il tuo piatto preferito: spaghetti con le vongole.»

Durante la cena, provo a coinvolgerlo, gli chiedo del lavoro, gli ricordo che voleva riprendere a giocare a tennis. Ma lui è distante e un po' freddo.

Dopo, mentre laviamo i piatti, mi faccio coraggio e gli parlo apertamente.

«Giacomo, volevo dirti che... Mi dispiace.»

Lui mi fissa con un'espressione interrogativa.

«Ti dispiace di cosa?»

«Di essere stata così assente negli ultimi mesi, di non averti dato le attenzioni che meritavi.»

Giacomo sospira e posa il piatto nel lavello.

«Me ne sono accorto, ma ho pensato che fosse colpa mia, che ti stessi trascurando un'altra volta per il mio lavoro.»

«Non è per il lavoro» lo interrompo con le lacrime agli occhi. «C'è qualcos'altro, ma non è facile...»

Vorrei dirgli tutto, ma la verità mi muore in gola.

«Giacomo, io... Posso dormire con te stanotte?

Non voglio tornare nel letto degli ospiti.»

11

I mesi successivi sono un susseguirsi di alti e bassi. A volte mi sembra di essere sulla strada giusta, di aver lasciato alle spalle il passato e di concentrarmi sul mio futuro con Giacomo. Poi un ricordo, un profumo o una canzone mi riportano indietro a Franco, gettandomi nello sconforto.

Il senso di colpa mi spinge a comportarmi da moglie perfetta. Mi prendo cura di mio marito, lo ascolto con attenzione, cerco di anticipare i suoi desideri. Eppure, nonostante i miei sforzi, il volto di Franco è sempre presente nella mia mente, come una fotografia che porto ovunque. La mia percezione del matrimonio è cambiata per sempre. Non riesco più a vedere Giacomo come il compagno di vita che conoscevo. La relazione con Franco mi ha aperto gli occhi, risvegliando in me desideri e bisogni che credevo dimenticati. Sesso? Può darsi, ma il romanticismo del primo amore – quel mito che non si scorda mai – è ancora più forte. Sono tornata tra le braccia di Giacomo, tuttavia non posso cancellare le sensazioni vissute con un altro. Mi chiedo se riuscirò mai a lasciarmi tutto alle spalle e ad amare di nuovo mio marito come un tempo. Se il nostro matrimonio potrà ritrovare la sua essenza, quando ormai persino il suo bacio mi appare estraneo.

La verità è che la relazione con Franco ha stravolto la mia vita, e io non sono più la stessa.

Forse dovrò imparare a convivere con questa nuova consapevolezza e accettare che il mio matrimonio non tornerà mai com'era.

Franco mi manca. Continuo a pensare a lui, a desiderarlo, a sognarlo. Di nascosto controllo il suo profilo Facebook: lo sblocco, poi lo blocco di nuovo, in un rituale che mi fa sentire sempre più sola e piena di rabbia. Sono arrabbiata con me stessa. Non dovevo essere così precipitosa. Forse, col tempo, noi due avremmo trovato un equilibrio, e ci saremmo risparmiati questa sofferenza. Invece, mi sento morire dentro, come se una parte di me fosse stata strappata via per sempre. Non sopporto l'idea di vivere senza Franco. Mi manca tutto di lui, perfino la sua gelosia, perfino le umiliazioni quotidiane. Come quella volta in cui mi ha chiamata lurida. In fondo, aveva ragione. Sono una lurida se continuo a pensare a lui, pazza a volerlo ancora. Pazza e disperata.

Mi faccio forza e prendo il telefono. Cerco il suo numero, lo sblocco e premo il tasto CHIAMA. Il telefono squilla a vuoto per alcuni secondi, poi sento la sua voce dall'altra parte della linea.

«Pronto?»

«Ciao, sono Chiara. Sei solo?»

«Cosa vuoi?»

«Devo vederti. Devo parlarti, è importante.»

Franco rimane zitto per qualche istante, poi accetta di incontrarmi al parco vicino al suo ufficio.

Il cuore mi scoppia di gioia. Mi vesto con cura, decisa ad apparire bella e desiderabile, affinché si renda conto di cosa ha perso, come l'ho capito anch'io. Abbiamo sprecato troppo tempo a negarci la felicità per il bene degli altri, adesso lui dovrà darmi ragione, perché mi ama e io lo amo.

***

Quando arrivo al parco, Franco è seduto su una panchina e mi volta le spalle. Non lo vedo da otto mesi. I suoi capelli ora sono più corti e indossa una giacca nuova di zecca, eppure lo riconosco subito.

«Ciao» lo saluto, e mi siedo accanto a lui.

Franco si gira appena.

«Eccomi qua. Cosa volevi dirmi di tanto importante?»

Il suo atteggiamento mi ferisce profondamente. Mi aspettavo un abbraccio, un sorriso, un segno di affetto, invece mi tratta come una sconosciuta, e io perdo il mio autocontrollo. Di botto scoppio in lacrime.

«Non posso vivere senza di te» inizio a singhiozzare. «Ti amo ancora... Ti amo più di ogni altra cosa.»

Lui sospira e guarda l'orologio.

«Chiara, è passato molto tempo. Le cose sono cambiate.»

«Lo so, ma non mi importa» rispondo. «Sono disposta a fare qualsiasi cosa per stare con te. Se vuoi rimanere con tua moglie, fai pure. Sarò la tua amante per sempre, se è l'unico modo per continuare a vederci.»

Le parole mi escono di bocca senza riuscire a fermarle, e mi rendo conto di essermi umiliata, di avergli dato tutto senza chiedere nulla in cambio. Ma neanche questo basta per lui.

«Sei patetica» mi dice. «Non capisci che non voglio avere più niente a che fare con te? Mi hai spezzato il cuore. E non ti perdonerò mai per questo.»

Franco si alza dalla panchina e si allontana, lasciandomi sola nel parco, mentre piango tutte le mie lacrime. Mi sento umiliata, respinta, distrutta. Ho offerto a Franco la mia anima, il mio corpo, il mio cuore, e lui mi ha rifiutata, come se fossi stata io a rovinare tutto. Vorrei scappare, ma le gambe tremano per lo shock. Mi sento investita da un treno, eppure non posso stare ferma. Inizio a camminare per il parco, piangendo e singhiozzando, sotto gli sguardi curiosi dei passanti. Piango per Franco, ma soprattutto per me stessa. Non ho più energie per affrontare la realtà. Voglio solo scomparire, dissolvermi nell'aria e non sentire più questo dolore lancinante che mi attanaglia il cuore.

Arrivo all'uscita del parco e mi guardo intorno, spaesata. La mia macchina è a pochi metri, ma ogni passo è una tortura. Finalmente entro nell'abitacolo, metto in moto e parto. Ma per dove? A casa? Da Giacomo? Come potrei guardarlo negli occhi dopo essermi umiliata così?

A un tratto, mi rendo conto di una cosa: Franco aveva sempre desiderato una donna che lo amasse incondizionatamente, che fosse disposta a tutto per lui. Io gli avevo offerto proprio questo, arrivando persino a proporgli di essere la sua amante e basta. E lui mi aveva respinta. Perché? Cos'è che non va in me? Forse non sono abbastanza bella? Abbastanza giovane? Abbastanza... Che cosa?

E se il problema non fossi io, ma lui?

Ho il sospetto che Franco non voglia davvero una donna che lo ami. Vuole solo qualcuno da controllare, da manipolare, da usare a suo piacimento. Una donna pronta a sacrificare tutto, compresa la dignità. E io, stupidamente, ero sul punto di farlo.

Mi asciugo le lacrime con rabbia e imbocco la strada verso il paese. Non sono patetica, non sono debole, non sono ciò che Franco mi ha fatto credere. Il problema non sono io, ma lui. Franco è un vigliacco che mi ha usato per soffocare le sue insicurezze, mentre io sono una donna forte, intelligente e capace di amare. E non permetterò a nessuno di approfittarsi di me.

Non più.

12

Una volta a casa, la rabbia si trasforma nuovamente in disperazione. Mi accascio sul divano, stringo un cuscino tra le braccia e do via libera alla tristezza. Ringrazio il cielo che mio marito non sia qui, perché ho una faccia terribile. Gli occhi sono gonfi e cerchiati, i capelli in disordine, le labbra quasi tumefatte dal pianto. Non mi riconosco più.

«Adesso basta» dico a voce alta. «Non posso comportarmi come una ragazzina.»

Però non convinco nemmeno me stessa.

La parte sana di me sa che è meglio voltare pagina, ma la parte ferita, quella che ha ancora il cuore a pezzi, non smette di rimuginare su tutto ciò che è successo.

Una volta lessi su Facebook una frase del genere: "Pensa di essere stato morso da uno squalo e, invece di raggiungere la riva per curarti, decidi di cercare lo squalo per capire perché ti ha attaccato, e per convincerlo che non meritavi quel morso". Ed eccomi qui, a fare esattamente questo, a chiedermi perché Franco mi abbia respinta senza pietà, dopo tutto quello che c'è stato tra noi.

Tutto sommato, il mio bisogno di conoscere la verità è più forte della paura di scoprirne una che mi farà male.

Ci sarà un motivo se Franco ha rinnegato ogni sentimento per me. Forse c'è un'altra donna. Il solo pensiero mi fa rabbrividire, ma per quanto cerchi di scacciarlo, continua a tormentarmi.

Vado in bagno, mi sciacquo la faccia per darmi un contegno, tuttavia appaio orribile. Senza trucco il mio viso risulta ancora più pallido e tirato e, come se non bastasse, sono talmente nervosa da non poter smettere di tremare. Decido dunque di fare una doccia, sperando che l'acqua calda mi rilassi. Mi spoglio e mi metto sotto il getto, a occhi chiusi, concentrandomi sul rumore costante dell'acqua che cade. Eppure, non riesco a distogliere i pensieri da Franco: la sua voce, il suo sorriso, il modo in cui mi guardava mentre facevamo l'amore...

Improvvisamente so cosa fare. Esco dalla doccia, mi avvolgo in un accappatoio e, con i capelli ancora umidi, entro nello studio e mi siedo al computer. Apro Facebook e creo un profilo falso, utilizzando un nome e una foto rubata da internet. Mi sento un po' meschina, ma la curiosità è troppo forte.

Cerco il profilo di Franco e gli mando una richiesta di amicizia. So che si tratta di un profilo blindato, che non mi permette di vedere le sue foto o i suoi post. Ma ho bisogno di sapere, di trovare una conferma ai miei sospetti.

Attendo dieci minuti e la mia richiesta viene accettata, eppure non riesco a nascondere la delusione. Il profilo non viene aggiornato da mesi.

Anzi, appare abbandonato. Tuttavia, non mi arrendo. Scorro la lista dei suoi amici alla ricerca di un indizio, di un nome familiare, ma non c'è nulla. Tutto è fermo.

Sto per chiudere il PC quando noto una sezione dedicata agli artisti preferiti. Ci vado e si apre una lista di nomi. Tra questi, spicca uno in particolare: "Sabrina Lanfranchi - Fotografa". Non la conosco, ma è di Salerno. Che coincidenza!

Clicco sul nome dell'artista e vengo reindirizzata a una pagina ricca di fotografie, ritratti, still life e numerosi selfie. È una ragazza molto bella e giovane, con i capelli neri e lisci, che non sembra avere più di venticinque anni anche senza filtri, insomma quel tipo di presenza che non passa inosservata.

Scorro il suo profilo con un senso di ansia crescente, finché mi blocco. In mezzo a tante foto spicca un disegno, un ritratto di una donna che le somiglia tantissimo, ma è completamente nuda.

Scorro ancora e ne trovo altri, tanti disegni che ritraggono sempre lei, e sempre in compagnia di un uomo che, pur non essendo rappresentato in volto, possiede la stessa corporatura di Franco.

Riconosco le pose, le espressioni, i dettagli che lui aveva usato anche per i miei ritratti. Quei disegni che aveva giurato fossero unici, speciali, creati apposta per me, come se fossi la sua musa ispiratrice, mentre in realtà erano solo un esercizio di stile.

Franco mi aveva fatto credere di essere come quei disegni, unica e speciale, e nel frattempo riproduceva le stesse immagini, le stesse fantasie, con un'altra donna. Era tutto falso, era tutta una menzogna. Mi aveva detto che mi amava, che ero la donna della sua vita. Mi aveva riempita di complimenti e attenzioni solo per portarmi a letto e soddisfare i suoi desideri, mentre ripeteva lo stesso gioco con un'altra, replicando le fantasie che avevamo condiviso insieme.

Chiudo il computer con un gesto brusco e mi alzo dalla sedia. Cammino avanti e indietro per la stanza, cercando invano di calmare i nervi, ma è inutile. La rabbia mi invade, cieca e incontrollabile. Vorrei urlare, spaccare tutto, distruggere ogni cosa che mi ricordi di lui. Mi sento sporca, contaminata, come se il suo tocco, i suoi baci, le sue parole mi avessero marchiata per sempre. Non desidero più nulla che mi rammenti la nostra relazione. Voglio cancellare ogni traccia di noi dalla mia vita.

Vado in camera da letto e apro l'armadio. Prendo un jeans, una maglia pulita e mi cambio. Poi tiro fuori tutti i vestiti che ho indossato quando stavo con Franco, specialmente la lingerie. Quanti reggiseni a balconcino, slip e perizomi ho comprato solo perché a lui piaceva vedermeli indossare! E io lo accontentavo sempre, per amor suo.

Bugiardo! Vigliacco e bugiardo!

Ammasso tutto sul letto: calze, intimo, e vestitini super sexy appallottolati come un mucchio di stracci. Poi prendo una forbice e inizio a tagliarli a pezzi, proprio come faccio con gli stracci. Riduco in brandelli i vestiti eleganti, quelli che indossavo per i nostri appuntamenti clandestini, i completi intimi acquistati nelle migliori boutique del centro, perfino la sciarpa che aveva usato un paio di volte per legarmi i polsi col pretesto che sarebbe stato più eccitante.

Ogni taglio è una liberazione, un modo per liberarmi del passato e riappropriarmi della mia vita, quasi una rivincita.

Quando ho finito, il letto è coperto da un mucchio informe di tessuti lacerati. Li osservo e, nel mezzo, getto il bracciale che Franco mi aveva regalato come simbolo della nostra unione.

«Vaffanculo» dico a denti stretti. «Stavolta è finita per davvero.»

Prendo una grossa busta di plastica e ci infilo dentro tutti i brandelli. Poi esco e mi dirigo verso il cassonetto più vicino. Lo apro e butto dentro la busta, senza rimpianti.

Non posso più fingere che Franco sia la mia salvezza, la via d'uscita da una vita che non mi soddisfa più.

13

Rientro in casa, ma la liberazione che avevo sperato di provare non arriva. Il vuoto è ancora più grande e opprimente. Intorno a me non vedo ricordi di una vita serena, bensì oggetti miei e di Giacomo. Alla fine il matrimonio si riduce a dividere la vita e la casa in parti uguali. Oggi non lo accetto più. Ho bisogno di rompere gli schemi, di liberarmi di tutto ciò che mi va stretto.

Ho bisogno di distruggere qualcosa.

Senza pensarci due volte, torno in cucina e apro uno sportello. Prendo un piatto, uno dei miei preferiti, quello che usavo per le occasioni speciali. Lo stringo tra le mani, lo osservo per un attimo e poi lo scaglio con forza contro il muro. Il piatto si frantuma in mille pezzi, spargendosi ovunque. La sensazione è così liberatoria che prendo un altro piatto e lo lancio, poi un altro ancora. Il rumore dei piatti che si rompono mi riempie le orecchie come una musica di festa. Perché fermarsi allora?

Apro un altro sportello e prendo dei bicchieri, che lancio uno a uno contro il muro, godendomi il suono del vetro che si frantuma. Le schegge volano ovunque, creando una pioggia scintillante di cristalli. È bellissimo!

Mi dirigo verso il soggiorno come una furia e inizio a rovesciare i mobili. Butto a terra tavolini, vasi, lampade. Strappo i cuscini dal divano, spargendo le piume per tutta la stanza.

Prendo una cornice con una foto di me e Giacomo, sorridenti e felici, la guardo per un attimo e poi la scaglio con forza sul pavimento. La calpesto. Il vetro si rompe, la foto si strappa.

È davvero necessario? Sì, lo è, eccome se lo è!

Distruggere le tracce della mia storia con Franco non basta. Devo distruggere la mia stessa vita. Ho bisogno di liberare tutta la rabbia.

Mi accanisco contro ogni cosa che mi capita a tiro. Spacco soprammobili, straccio libri, butto a terra vasi di fiori. La casa diventa un campo di battaglia, dove ho combattuto una guerra contro me stessa. Alla fine, crollo sul pavimento, esausta e senza forze. La rabbia resta, ma è meno intensa, sepolta sotto un ammasso di macerie e rottami.

La mia casa è irriconoscibile, e io rimango a terra, sporca, sudata, con i capelli in disordine e gli occhi iniettati di sangue, una bestia selvaggia dal volto di donna.

Chiudo gli occhi, ormai senza lacrime e senza energia per muovermi. Mi sento come se fossi morta, come se avessi esaurito tutte le mie risorse. Ma mentre giaccio lì, immobile, accade qualcosa di strano: il dolore lancinante che mi attanaglia il cuore inizia a svanire, lasciando spazio al sollievo. È come se avessi finalmente espulso il veleno che mi stava mangiando l'anima. Mi abbandono a quella nuova sensazione per qualche minuto, poi mi metto a sedere sul pavimento.

La casa è solo macerie, come dopo un terremoto. Prendo una scopa e un secchio e inizio a pulire. So che ci vorrà molto per rimettere tutto in ordine, ma non ho fretta, perché insieme alla casa sto ricostruendo anche me stessa. Ogni oggetto raccolto e riposto rappresenta un passo verso la guarigione, ogni scheggia di vetro scartata è un frammento del passato che lascio andare.

Mentre pulisco, sento il telefono squillare nella tasca dei jeans. Lo tiro fuori e vedo che è Giacomo. Mi prendo qualche secondo, poi decido di rispondere. Non posso continuare a evitare mio marito.

«Ciao Giacomo.»

«Ciao, dove sei? Un'altra volta a fare shopping?»

«No, sono a casa. Ti stavo aspettando.»

14

I resti del mio matrimonio sono ancora sparsi sul pavimento, quando sento il rumore della chiave nella serratura. Il suono dei passi di Giacomo è inconfondibile, eppure sobbalzo leggermente, come se fosse appena entrato un ladro.

In soggiorno, il suo sguardo vaga per la stanza un minuto intero, forse per quantificare l'entità del disastro. Io rimango seduta sul divano, immobile, mentre la sua espressione diventa prima confusa, poi preoccupata, infine terrorizzata. Si guarda intorno come se non riconoscesse più la sua casa, e forse nemmeno sua moglie.

«Chiara, cosa... Che cosa è successo?»

Non rispondo subito. Lo osservo mentre cerca di orientarsi in quel caos, mentre i suoi occhi si posano sui piatti rotti, sui cuscini squarciati, sulle cornici in frantumi. Vedo il suo smarrimento, la sua incredulità, il dolore. Tanto dolore.

«Chiara!»

Giacomo ripete il mio nome, stavolta con un tono più acuto, quasi spezzato.

«Chiara, per l'amor di Dio... Dimmi cosa è successo!»

Mi accorgo che ha paura. Non osa avvicinarsi. Resta fermo, in piedi sulla soglia, con il viso pallido e gli occhi sbarrati, come un bambino smarrito in un mondo che non comprende più.

«Non è successo niente, Giacomo. Mi ero persa, ma ora sono a casa.»

La mia voce appare calma, quasi serena, in contrasto con la devastazione che mi circonda, e ciò sconvolge mio marito più dello sfacelo generale. Si avvicina lentamente, per non spaventarmi, si siede accanto a me sul divano e posa le mani sulle mie, stringendole con forza.

«Tesoro, adesso dimmi chi ha fatto questo casino» mi chiede con occhi pieni di preoccupazione. «Sono venuti i ladri? Ti hanno fatto qualcosa di brutto?»

Le sue domande mi fanno scoppiare in una risata sincera, che lo lascia perplesso.

«No, ma che vai a pensare! Nessuno mi ha fatto niente. Sono stata io» rispondo, indicando il disordine che mi circonda. «Avevo bisogno di liberare la rabbia. Avevo bisogno di distruggere tutto ciò che mi legava al passato» aggiungo, come se ciò potesse spiegare tutto.

Lui mi guarda come se fossi impazzita, e in un certo senso lo sono. Anzi, a pensarci bene, ogni matrimonio è una follia perché bisogna essere pazzi per affidare il resto della propria vita a una sola persona.

«C'è qualcosa che devi sapere, Giacomo. Qualcosa che ti farà arrabbiare e forse cambierà per sempre la tua vita.»

Inizio a raccontargli tutto. Gli parlo della mia relazione con Franco, dei messaggi, degli incontri segreti, della passione travolgente che mi aveva fatto perdere la testa. Gli dico come mi sono sentita viva e desiderata, ma anche dei sensi di colpa. Non nascondo nulla, nemmeno il fatto che Franco mi ha manipolato, umiliato e fatto sentire indegna, portandomi sull'orlo della disperazione. E mentre parlo, le mani di Giacomo stringono le mie sempre più forte, quasi a voler trattenere le parole che continuo a sputare fuori. Ma è inutile, sono un fiume in piena. Ho rotto gli argini.

«Mi dispiace» sussurro, alla fine. «So che ti ho fatto soffrire, ma ti giuro che non volevo. Ho commesso un errore terribile, e se dopo quello che ti ho detto vorrai andartene, non ti biasimo.»

15

Mi sveglio. È quasi ora di pranzo. Quanto avrò dormito? Otto ore di fila? Dodici, addirittura? Non ricordo l'ultima volta che ho dormito così tanto, però sto bene.

Mi alzo e apro l'armadio. Giacomo non c'è, ma i suoi vestiti sono ancora qui. È un buon segno, giusto? Lo scoprirò presto. Nel frattempo, prendo la vestaglia che avevo appoggiato alla spalliera del letto e vado in cucina. Allontano una sedia dal tavolo e la trascino fino alla credenza. Ci salgo sopra per raggiungere la fila di pensili che sovrasta il mobile antico e sposto la grande clessidra segnatempo in ottone, rimasta miracolosamente intatta nonostante la furia distruttrice della sera prima.

Dietro il soprammobile, noto un pacchetto di Marlboro ancora sigillato. L'ho riposto io, al ritorno dal viaggio di nozze, quando ho promesso a Giacomo di smettere di fumare. A lui, però, avevo detto di averlo gettato via, mentre in realtà l'avevo semplicemente fatto sparire dalla sua vista. Non credevo di avere abbastanza forza di volontà da rinunciare a quel vizio, perciò ho preferito nascondere le sigarette anziché gettarle via. Eppure, contro tutti i pronostici, ci sono riuscita. Non ho più fatto un tiro da allora, eccetto quella volta con Franco, dopo che abbiamo fatto l'amore. Adesso, però, ne ho voglia di nuovo. Prendo una

Marlboro, la accendo e inspiro profondamente il fumo.

Subito inizio a tossire così forte che gli occhi mi si riempiono di lacrime.

È stato un errore accendere quella sigaretta. La gola mi brucia, ma invece di fermarmi insisto, vado fino in fondo, e mentre il fumo invade i polmoni, quel malessere si trasforma in abitudine.

Funziona in questo modo: ci si abitua al malessere, al dolore, come ci si abitua al freddo d'inverno.

Funziona sempre. È solo questione di tempo.

Ringraziamenti

Desidero esprimere la mia profonda gratitudine a tutte le persone che hanno reso possibile la realizzazione di questo libro.

Un ringraziamento speciale va a Luciana Mauro, giornalista e scrittrice, per il suo prezioso supporto e i suoi consigli. La sua amicizia e la sua passione per la scrittura sono state una fonte di sostegno inestimabile.

Ringrazio inoltre il team di Lulù che fa storie e tutti coloro che hanno creduto in questo progetto.

L'Autrice

Cristiana Danila Formetta, nata a Salerno nel 1972, ha iniziato il suo percorso studiando direzione editoriale presso l'agenzia letteraria Il Segnalibro di Roma.

Nel 2005 ha pubblicato il suo primo romanzo, "La vita sessuale dei camaleonti" (Coniglio Editore), un'opera audace che ha segnato l'inizio della sua carriera letteraria. Da allora, ha scritto diversi romanzi e racconti, concentrandosi principalmente sui generi sentimentale ed erotico. Tra i suoi libri più noti ci sono "Sesso senza vie di mezzo" (Pendragon), "Claudia sa ascoltare" (Emma Books) e "Tradiscimi" (Carpa Koi edizioni), che ha ricevuto attenzione anche da parte del quotidiano La Repubblica.

Ha scritto con Fulvio Mazza il manuale "Scrittura Erotica: istruzioni per l'uso" (Infinito Edizioni), una guida pratica per chi vuole cimentarsi con questo genere. Ha poi sperimentato il genere fantasy nel romanzo "Bloodletting: l'amore e il sangue", un'opera avventurosa che riscrive la figura del vampiro moderno.

Nel 2018 ha creato Lulù che fa storie (www.luluchefastorie.com), un progetto dedicato agli scrittori indipendenti, offrendo uno spazio per condividere liberamente le proprie idee.

Lulù che fa storie

Lulù che fa storie è un collettivo letterario fondato nel 2018 con l'obiettivo di sperimentare nuovi percorsi artistici.

Dal 2023 Lulù fa parte di OpenCollective Europe, la community europea di collettivi indipendenti, e con le sue fanzine si propone di valorizzare autori emergenti e non.

Scopri le nostre pubblicazioni indipendenti e libere dalle logiche commerciali dei colossi editoriali.

Abbonati alla newsletter:

https://luluchefastorie.voxmail.it/user/register

I libri di Bollarossa

Lulù che fa storie presenta "Bollarossa", una nuova serie di libri che spaziano tra i generi più vari.

Scrittura Romantica, Contemporanea, Fiabesca, Poetica.

Ma non è tutto: il collettivo di Lulù che fa storie apre le porte a chi vuole lanciarsi per la prima volta nell'auto-pubblicazione (ma non sa da dove iniziare) con i *selfbook* di Libera.

Indecis* tra casa editrice o self-publishing?

Scrivi a luluchefastorie@outlook.com e chiedi più informazioni.

Indice

Printed by Amazon Italia Logistica S.r.l.
Torrazza Piemonte (TO), Italy

71190254R00068